四时花事 江南自然笔记

春

四时花事

夏

江南自然笔记

四时花事 江南自然笔记

秋

四时花事 冬 江南自然笔记

张觅

著

四时花事

江南自然笔记

北方文艺出版社
·哈尔滨·

图书在版编目(CIP)数据

四时花事 / 张觅著. —— 哈尔滨 : 北方文艺出版社,
2022.1
ISBN 978-7-5317-5359-9

Ⅰ.①四… Ⅱ.①张… Ⅲ.①散文集-中国-当代
Ⅳ.①I267

中国版本图书馆 CIP 数据核字(2021)第 254170 号

四时花事
SISHI HUASHI

作　者 / 张觅
责任编辑 / 张贺然　　　　　　　　封面设计 / 潇湘悦读

出版发行 / 北方文艺出版社　　　　　邮　编 / 150008
发行电话 / (0451)86825533　　　　　经　销 / 新华书店
地　址 / 哈尔滨市南岗区宣庆小区 1 号楼　网　址 / www.bfwy.com

印　刷 / 长沙市精宏印务有限公司　　　开　本 / 880mm×1230mm　1/16
字　数 / 100 千　　　　　　　　　　印　张 / 14
版　次 / 2022 年 1 月第 1 版　　　　　印　次 / 2022 年 1 月第 1 次印刷

书　号 / ISBN 978-7-5317-5359-9　　　定　价 / 98.00 元

四时
SISHI
HUASHI
花事 JIANGNANZIRANBIJI
江南自然笔记

目录

四时花事

江南自然笔记

感恩所有的遇见
铭记点点滴滴的微小的美丽及细小的幸福
感谢邂逅的每一株花每一枚果子
所带给我的清芬袅袅

四时花事
SISHIHUASHI

YIYUE

江南自然笔记

一月

岁月静好
新的开始，
让每一步都走好！

小寒：蜡梅馥郁生香
大寒：自有凌寒者

小寒
XIAOHAN
蜡梅馥郁生香

小寒蒙蒙雨，雨水还冻秧。

LAMEIFUYUSHENGXIANG

●○　1月5日

今日小寒，小寒一候梅花、二候山茶、三候水仙。古人岁朝清供，也常用梅花、山茶、水仙这些当季的花。

天气寒凉，今天不得不寻出羽绒服来。走在路上，看校园里每个人也都裹得严实。

到了教学楼旁，忽然闻到一缕细细幽幽的香气。这香味糅杂在清冷的空气中，沁着微微的甜意。先是微微一怔，心下便欢喜起来：定是蜡梅开了。

果然，寻香而去，看到第一教学楼、第二教学楼下十几株蜡梅树，枝上光秃秃的没有一片叶子，却缀满了凝脂一般的柠檬黄花苞，有大半已经开了。香气就是从已经开放了的蜡梅花心散发出来的。每年蜡梅开放，都是以香示人，继而寻见花朵。

走到蜡梅花间，徜徉良久，蜡梅香气自然叫人闻不够，但却是飘忽的，要用心捕捉的，不像栀子、桂花一般香起来是铺天盖地的。这幽微但馥郁的甜香却叫人瞬间身心舒泰。蜡梅虽不如红梅、白梅美貌，但也是极耐看的，香气更是远胜。先觉其清，再感其幽，闻得多了，便觉得甜丝丝的。当然再闻下去，还会深感其冷了——冻得哆哆嗦嗦地跑出来，感觉脸和手都冻僵了。

看来,过一阵子,蜡梅便会全开了。真是冬天的甜蜜了。

蜡梅中最香的是素心蜡梅,《叙花》称之"其心洁白,其花淡黄,花香芬馥,雅致韵人"。我前年元旦三天假到苏州拙政园旅行过,在那里见过这种遍体娇黄的蜡梅,姿态极动人,未等走近便有清雅甜蜜的香气幽幽而来。我们学校里种的这些蜡梅,应该是馨口蜡梅,因为能看到花瓣内的紫红之色,不过也是极芳馨了。

蜡梅又叫腊梅,《本草纲目》载:"蜡梅,释名黄梅花,此物非梅类,因其与梅同时,香又相近,色似蜜蜡,故得此名。"蜡梅和梅花虽都叫了一个梅字,但并非同科植物,梅花是蔷薇科,蜡梅是蜡梅科。现在,只见蜡梅不见梅花,梅花的花期比蜡梅要晚一些。古人踏雪寻梅,其实寻的多是蜡梅。

现在已经有些品种的山茶科植物开了,比如说,茶梅。

●○　1月10日

学校办公楼和国际教育学院前不知道什么时候种了这么多茶梅,从去年十一月起就看到它们蓄起了鼓鼓的花苞,十二月起就开始陆续开放,现在算是全盛期了。

最有趣的是，虽然是在同一个校园，但这些茶梅开放的时段还不一样。办公楼前面的茶梅开始寒风怒放之时，国教前的茶梅尚含着苞。大约是办公楼门口向西，茶梅的日晒比较足。而国教前面就是学生宿舍，楼房会挡去一些日光。而茶梅是喜光植物。

茶梅也算得极美貌了，深红花瓣，金黄花蕊，叶子也碧绿油亮，正统意义上的绿叶红花。这么冷的天，还有一只小蜜蜂被花的美貌所诱惑，在花间嗡嗡嗡地采蜜。

茶梅中有单瓣品种，名叫美人茶，校园里也有。单瓣的不如重瓣的丰腴，却风中微颤，更增娇媚。美人二字，当之无愧。风情是极足的了。

●○　1 月 12 日

校园冬季有三美：蜡梅，茶梅，南天竹。

学校药植园里种了不少南天竹，蜡梅旁就有好几株。南天竹挺拔如竹，有几分傲娇的气质。它也的确值得骄傲，如此严寒，如明星般闪耀一时的枫叶都掉光了，南天竹的红叶却仍是如火燃烧着。不仅叶子红得好看，它的浆果更是光滑红润，一串串圆溜溜的小红果，给寂寥的冬天添了几分喜气。而它显然也是知道自

己的美丽的,傲娇地举着小红果,果子高出叶片,一眼就能看到。

在它身后,被修剪成妹妹头的火棘树其实也在默默地结着小红果,只是火棘羞涩得多,把小红果都藏在细小的绿叶深处,不凑近看根本看不出来。火棘果比南天竹子要小得多,也多得多,扁扁的,像是微型西红柿,表面光亮,像是涂了漆一般。

南天竹子有毒,不能吃,但可入药,具有敛肺止咳、平喘之功效。而火棘果是可以吃的,滋味还挺好,有"救军粮"的美称。

有记者朋友今天到学校来采访,走在林荫道上,也看见了火棘的小红果。记者朋友说,她小时候在山里经常吃这种小红果,但当时并不知道它的名字。

●○ 1月13日

周末了,和平平在岳麓山下的书吧小聚。之前我们去了附近的新民学会旧址那里看植物。

看到了枸骨的小红果。枸骨的小红果比火棘的更难拍到,因为枸骨叶尖有尖刺,密密护持着小红果。也不敢去摸果子,怕被刺到了。只觉得枸骨的小红果比南天竹和火棘的要大上几圈,颜色要稍微深沉一点儿,浑圆光滑,也更加美貌。药植园里也是有枸骨的。听说枸骨中有一种无刺枸骨,不过我没有见过。

也看到枇杷的花了。枇杷秋冬开花,而冬天里我们就很少出来了。枇杷花颜值不是一般的不高,桃花大小的花,花瓣五出,浅黄白色,不过一点儿也没有桃花的明艳,只是有几分梨花的清秀,花朵们懒洋洋地挤成一堆,睡不醒的样子。不过花谢后结出的橙黄色果子是又好看又甜蜜,随便一拍,都可以文艺风。

柚子金黄金黄,颜色似落进阳光,比柠檬黄又多了一分成熟之美。从十一月开始就见到了柚子,现在还没落果。不过长沙这边的柚子是酸酸涩涩不好吃的。我家楼下也有两棵柚子树,就当成观果植物了。

珊瑚豆也结出酷似金橘的美丽果子来。果皮光滑,果形有点儿像小青果。珊瑚豆有剧毒,不能吃,虽然果子看起来真诱人。药植园也有珊瑚豆。珊瑚豆又叫珊瑚樱,名字也是极好听的。

还在常青藤、麦冬、美人茶旁边再逛了逛,就出来了。

大寒
DAHAN
自有凌寒者
大寒天气暖，寒到二月满。

ZIYOULINGHANZHE

●○　1月20日

今日大寒，果然冷极。

大寒节气中一候瑞香、二候兰花、三候山矾。这几种植物中，我对瑞香最感兴趣。瑞香也叫作山梦花、睡香、千里香，是一种长得像丁香的清香小花。《本草纲目》载：瑞香"枝干婆娑，柔条浓叶，四时青茂。冬春之交，开花成簇，长三四分，如丁香状，有黄、白、紫三色"。但在长沙却还没见过瑞香。查资料说长江流域以南瑞香是有分布的，改天再仔细找找。

瑞香得名有一个奇妙的传说。宋代《清异录》记载："庐山瑞香花，始缘一比丘，昼寝磐石上，梦中闻花香酷烈，及觉求得之，因名睡香。四方奇之，谓为花中祥瑞，遂名瑞香。"南唐李后主曾经给花取了一个更梦幻的名字，叫作"蓬莱紫"。

●○　1月27日

放寒假了，便去了北海。长沙昨日初雪，朋友圈里一片雪景，而我们也终于告别北海的阳光、沙滩、海浪，踏上归途。由于长沙天气原因，飞机在机场滞留了几个小时才飞，回到家里已经半夜了，真是"风雪夜归人"。

今天便又到学校校园内走了走。蜡梅花、茶梅、月季花在冰天雪地里绽放，宛若琉璃雕刻,令人惊艳不已。蜡梅花瓣表面都结了一层薄薄的冰,越发显得玲珑剔透,像个精灵一般。茶梅从十一月就开始开了,到现在仍是精神抖擞,还发了很多花苞。看来它的花季远没有结束。纵使天寒地冻,仍有花枝俏。雪地里还发现几株月季花,有一枝孤零零地挺秀出一片雪白之中,更是一枝独秀,雪中娇艳。

此时南天竹的小红果更是如同冰糖葫芦一般晶莹艳丽,红叶在雪地里也格外醒目。火棘果也是如迷你的冰糖山楂一般,只是也有一些火棘果被冻得裂开,露出里面几枚红色的种子。

红花檵木叶子紫如葡萄。八角金盘绿叶雪中鲜亮。萼距花的小紫花冷得躲起来了,细细的小叶子还是绿得可爱。满地的黑色小樟果,大约是被冰雪从香樟树上打下来的。

走到一半,又下起雨夹雪来了。本来还想往药植园里走的,就回去了。

回去把拍到的蜡梅照片发了微博,有花友给我留言说:"自己养一盆吧,蜡梅盆栽很容易的。我养的现在正开花,每天看着都是好心情。"

●○　1月28日

昨晚又下起雪来。晚上出去,差点儿滑跤,地上冻得硬邦邦的。早上还有点儿小雪。这是下雪籽儿,不是下雪花儿,一点儿也没有轻舞飞扬状,雪打在脸上,

有微微的刺痛。

上午雪停了，便去了学校药植园。走到图书馆前，只见广场上还有好几个穿着厚厚羽绒服的学生在相互拉着滑雪，还有一位男生蹲在地上找最佳角度给面前的女生拍照。真是下雪欢乐多。

药植园里也宛若琉璃世界。黄金香柳也被冻得硬邦邦的，却晶莹剔透。十大功劳也是的，平日里不显眼，这时绿油油的叶子被冻得亮晶晶。

四季桂还在开花，细碎的小黄花无畏严寒。四季桂真叫我刮目相看，在寒风中开放起来还是那么斯斯文文的样子，一点儿也没有南天竹的傲娇劲儿，仿佛还是在秋日的暖阳之下温婉地开放着。植物和人一样，都是各有个性的。

药植园里也有一株小蜡梅，不过一米高，开得认认真真，玲珑可爱的样子。走到教学楼下，发现这里的蜡梅已经又开了新花，花瓣在冰天雪地里更显得鲜妍柔软。徜徉片刻，只觉芳气袭人。

红叶石楠叶片也冻得硬邦邦的，红得像玛瑙一般。忍不住蹲下身，小心地轻轻一摇，一拉，一个完整的三叶冰雕便从叶片上取下来了，像变魔术一样，托在手心里，像是水晶玩具一般。小时候是最喜欢这种水晶叶或者水晶花，仿佛冬天的一个小小礼物。

我还想完整地取下一朵茶梅的冰雕，但是难度有点儿大，花瓣毕竟比叶片柔软细嫩，试了几次，又怕把花瓣弄坏了，只能作罢。

回来，看到朋友圈里，还有人取下了一大片苏铁的冰雕！每一根纤长的叶都雕琢得栩栩如生，真是大自然的鬼斧神工。

●○　1 月 29 日

上午，太阳出来了。有了阳光，天都蓝得很漂亮，雪洗过一般明净。

看新闻说，长沙冰冻还挺严重的，为了安全起见，长沙关闭了一些公园，其中就包括岳麓山！但是长沙人爱雪的热情怎么挡得住！上次大雪还是在 2008 年，后面都是小雪居多，时隔十年，终于又再见到琼楼玉宇，琉璃世界，能不激动吗？

因此，尽管天气严寒，交通不便，时不时还听到铲雪的声音，但岳麓山上却是已经人山人海。朋友圈里满是在岳麓山上溜冰、滑雪以及冰枝下照像的照片。妈妈的朋友，几个五十多岁的阿姨还结伴上山去，特意穿了鲜艳的羽绒服在冰雪前面

拍照,高高兴兴地发了朋友圈。长沙的阿姨们真是太厉害!

本来也想去岳麓山,但是公交车基本都停了,路上的私家车也行驶得缓慢小心,于是就决定和先生午后步行去附近的洋湖湿地公园。

初入公园,便听到小河里似乎有冰块叮叮咚咚撞击的清脆声音,河水潺潺地流动着。桥上冰雪未融,踩上去有轻微的脆响。身边的草木也发出音乐般的碎裂声,这也是树上的冰雪融化或者坠落的声音。

有水鸟在河里悠闲自得地游弋,还有腹部白色、翅膀黑色的小鸟在岸边跳跳跃跃。可笑我在鸟类知识上的浅薄了,竟不认识是什么品种的小鸟,只好拍了照带回去再辨认。

十二月底的时候,我们去过省植物园,当时梅花树上都是小豆子大的花苞,摸上去还很坚硬。此时来到洋湖湿地公园,也不知道梅花开了没有,抱着试试看的心态,没想到还真的踏雪寻梅了一番——梅花开了!

远远看去,公园深处有一袭淡红色的烟雾。走近一看,却兴奋极了,还真是早开的红梅。只是梅花上没有雪了。虽然经历冰雪,但梅花浑若无事,开得如同胭脂一般娇艳。想起《红楼梦》中琉璃世界白雪红梅,又想起黛玉联诗时所吟的"沁梅香可嚼",只觉心也醉了。但梅花的香气是没有蜡梅芳馥的,凑近了深深一闻,能闻到清甜微酸的香气,跟梅子的味道很像。

梅花其实不大,只有一枚硬币大小,可是用相机拍下来看,却显得有婴儿拳头那样大小。这是因为梅花特别精致的缘故,花瓣排列整齐,托着密密的花蕊,画出来的一样。和热热闹闹的桃杏不同,桃杏是娇俏,仿佛下一秒就要笑出声来的少女一般,梅花虽然颜色娇艳,气质却是绝对的沉静,但这静,又是灵动的静,芬芳的静,让人遐想不已的静。

居然还偶遇到了白梅。白梅就是那样很随意地开在路边,旁逸斜出,漫不经心的美。白梅映雪,感觉和红梅又不一样,花瓣如雪一般铺在枝头,花蕊和红梅一样精致。芬芳袭来,一时心思明净,不想其他。只得引出晁补之的词句:"开时似雪,谢时似雪,花中奇绝。香非在蕊,香非在萼,骨中香彻。"古人以"香雪"喻白梅,也算精当。

被梅花之美蛊惑,登时都不觉得冷了。

想去橘子洲头的梅园看看了。

四时花事
SISHIHUASHI

ERYUE

二月

江南自然笔记

万象复苏旭日升
抬头揽尽二月天

立春：观花看草
雨水：小艳疏香最娇软

●○ 2月1日

二月了，立春快了。立春过后，便是早春二月了。

阳台上的绿萝开得还不错，清新的绿色。小家碧玉又发新叶了，老叶是墨绿色，新绿则是让人心动的豆瓣绿。本来小家碧玉又叫作豆瓣绿，自然也是文艺派。倒是长寿菊稍稍有些萎靡，但还在开花。也许是水浇得不够，长寿菊浇水，就得一次浇足，要不然容易烂根。

之前养过迷你椰子和文竹，没养活，主要也是因为忙，没有太多时间打理。先生对这些花草比我还上心，我不记得浇水时，他便浇上了。

上次听花友说蜡梅好养，心里又是一动。想养盆蜡梅或者红梅了。

●○ 2月2日

昨天，整整一天都是很好的阳光，天空有淡淡丝状的白云。

风刮在脸上也不那么刺痛了。冰雪也在融化，路上渐渐只有小块冰雪，不像前些天，马路上以及路两旁都是一片冰冷的白色。

今天积雪差不多融化了。又去药植园。转了一圈儿，酸枣树上一颗枣子也没有了，也是光秃秃的。新月湖畔的早柳也是光秃秃的，但枝干不是褐色，带一点儿金属的光泽。我也觉得很好奇，柳枝似乎格外与众不同。去年十二月去北京出差，注意到北京冬天光秃秃的垂柳枝条，居然也是金黄色的，柔丝一般垂着，衬着明洁的蓝天，看上去特别好看。

药植园此时最亮眼的植物，大概就是楝树了。一棵七八米高的大楝树，一棵不足人高的小楝树，上面都结满了一串串金灿灿圆溜溜的楝果，金丸一般。站在小楝树下，伸手便可以触到楝果，于是摘了一颗下来，放在手心里细看。楝果长得并不是浑圆的，而是有点儿梨形，有点儿像袖珍版的梨子。表面也不完全光滑，而是有着褶皱。剥开果皮，看到金黄色的果肉，已经干掉了。大约是挂果有一段时间了。

楝树浑身上下都是苦的，包括树皮、树枝、树叶还有果子，因此又叫作苦楝，大约如此，果子便不讨人喜欢，不入鸟儿的法眼。不过果子的别名很是好听，叫做金铃子。

蜡梅还在开着，花都解冻了。蜡梅的花期也算比较长了，不只是在腊月。

走到新月湖畔，居然发现黄素馨开了几朵明黄色的小花。黄素馨与迎春花同科同属，又名野迎春，只是迎春落叶，黄素馨常绿。

这一点儿明黄，让人心里禁不住动了一丝温柔。

春天就要来了。

立春
LICHUN
观花看草
立春一日，百草回芽。
GUANHUAKANCAO

●○　2月4日

今日立春，特意来到附近的莲花镇新春花市观花。

虽然气温仍然不高，风吹过来仍是凉意十足，道路两旁还有未化尽的积雪，银杏、垂柳等落叶乔木都是光秃秃的，但莲花镇里花光耀眼，花香怡人，让人觉得，很快就可以感受到"柳色早黄浅，水文新绿微"的早春美景了。春天终于来了，真是期待已久了。

没想到，这边花市里的花居然有这么多，鲜花满眼，阳光满目。一路行来，总觉得拍不够。大花蕙兰、洋水仙、蝴蝶兰、文心兰、金橘、羽衣甘蓝、朱顶红、风信子、地涌金莲、红掌、芦荟、马蹄莲、山茶……一大波鲜艳明媚的花朵，如同锦缎一般闪耀着人的眼，风里都是花香草气，只觉得，仿佛《我想和你一起虚度时光》

里唱的那样："满目的花草，生活应当像它们一样美好。"

大花蕙兰有婴儿拳头那么大，色泽极其艳丽，有明黄色的，有葱绿色的，有打着朵儿的，有微微绽放的，也有一瓣瓣花瓣全部甜蜜地舒展开来的。大花蕙兰旁边就是洋水仙，同样也是光彩照人。洋水仙比本土水仙要大得多，气质也大不一样。本土水仙清雅出尘，洋水仙浓艳明丽。蝴蝶兰明艳绝伦，瞬间就把人的目光吸引住了，朵朵花儿像是展开双翼的蝴蝶。深红郁金香，花形像是一个线条优美的酒杯，在宽大的绿叶掩映下，有几分沉吟和矜持。红掌和朱顶红的颜色比郁金香更为醇厚夺目，而郁金香则多了一丝少年气的青春感。

在花市里，第一次见到文心兰，颇感好奇，仔仔细细地看了好一会儿。文心兰颜色有点儿像黄金香柳和蜡梅，却比黄金香柳更娇嫩，比蜡梅更明亮。花瓣却小巧玲珑，只有豆子一般大小，然而凑近了看，却十分精致，不比其他兰花逊色。枝干也是鹅黄色的，缀满了鹅黄色的花，有一种轻盈欲舞的感觉。查询了一下，果然文心兰还有一个名字叫作跳舞兰。在花前徜徉徘徊良久，我忍不住伸手轻轻触碰花瓣，指尖清凉，鼻端芬芳。

还见到了羽衣甘蓝。羽衣甘蓝这个名字极美，仿佛是某本童话书里走出的拿着仙女棒的蓝衣小仙女，有着缥缈而甜润的意味。羽衣甘蓝实际上是结球甘蓝即卷心菜的园艺变种，因此长得很像卷心菜，只是要美丽得多。羽衣甘蓝色彩丰富，犹如一朵盛开的牡丹花，因而又名叶牡丹。

除了这些喜气洋洋的年宵花，还有年宵果。金灿灿的金橘，看着极喜庆。金橘寓意吉祥如意，是好口彩。还有红玉珠，和南天竹一样结出红艳艳的小果子，玲珑可爱，也让人爱不释手。

人们走来走去，仔细欣赏或者挑选合意的花买下带回家去。姑娘们人比花娇，在花前对着镜头自拍，小朋友们则在花丛中嬉笑玩闹，其乐融融。立春时节，莲花镇上，只闻花香，只为花忙。

春光烂漫，就在身边。这种美好伸手可及的感觉，真是很好。

●○　2 月 6 日

立春过后的这几天，都是阳光和煦，天空也是淡淡的蓝，瞧着让人心里觉得很舒服。

立春有三候:一候东风解冻,二候蛰虫始振,三候鱼陟负冰。东风解冻的感觉是明显的。这几天气温有所回升,终于可以脱下笨重的羽绒服和毛呢大衣,换上稍微轻便一点儿的服装。围巾、帽子和手套也收起来了。

买了春韭和春笋,中午做菜吃,还买了些苹果和草莓。春日养肝,多甘少酸,多食绿色蔬菜,多食水果。古人就有咬春之习俗,在立春这天,吃春饼,吃春盘,吃春卷,以及吃萝卜、生菜等春天里的新鲜蔬菜。

春日里也是适合出去踏青了。《黄帝内经》有云:"春三月,此谓发陈,天地俱生,万物以荣,夜卧早起,广步于庭,被发缓形,以使志生,生而勿杀,予而勿夺,赏而勿罚,此春气之应,养生之道也。逆之则伤肝。"

●○　2月7日

今天有朋友问我长沙有多少品种的梅花,其实我也不是很清楚。去年前年,我在橘子洲头的梅林里拍了不少品种的梅花:江梅,朱砂梅,宫粉梅,照水梅等等。听闻橘子洲头还有绿萼梅,之前没有找到的,准备今年再去找下。

梅花自古便极得国人之心。南宋诗人范成大曾著有我国最早的梅花专著《范村梅谱》,在这部书中,范成大细致记录了 12 个梅花品种的名称、形态及观赏价值,有"江梅""早梅""官城梅""消梅""古梅""重叶梅""绿萼梅""百叶梅""红梅""杏梅""鸳鸯梅""江梅"等,文笔清逸秀雅,字里行间仿佛有馥郁梅香袅袅而来。比如他笔下的江梅:"凡山间水滨荒寒清绝之趣,皆此本也。花稍小而疏瘦有韵,香最清,实小而硬。"不过第五种古梅并不是梅的一个品种。第十二种蜡梅,也本非梅类。

●○　2月8日

今天到橘子洲头踏青,因为明天是小年了,人还挺多。橘子洲头的梅园有十多种梅花,今天看到的主要是直脚梅类和龙游梅类,这些在洋湖湿地公园也见过了。

梅花和蜡梅一样,都是具有中国古典气息的花,最适合在古意建筑前拍照,在古意建筑前面,横过一枝堆雪白梅或者胭脂红梅,便觉得梅花气质非凡,颜值

大增。橘子洲头就有几栋素朴的民国风建筑，窗前恰恰横过几枝梅花，如一句诗，"寻常一样窗前月，才有梅花便不同"。倒想看看橘洲的月下梅影了。

比较惊喜的是绿萼梅枝头也缀满了玉色的花苞了，也开了几朵。橘子洲头似乎只有一株绿萼梅，之前来看梅花的时候，绿萼梅不是没开就是开过了，今天是第一次看到绿萼梅，很有几分小雀跃。

绿萼梅的花萼是绿色的，花瓣是玉色的，带一点儿绿晕，极清雅。已经开了的花的花心里探出密密的花蕊，顶着鹅黄色的花药。绿萼梅毕竟是难得一见的珍稀品种，气质和普通的梅花还是不一样，可以说，是梅花中的梅花，清雅中的清雅了。和绿萼梅相比，白梅不免失之寡淡，红梅不免失之娇弱。虽然都是植物美人，一比就比出高下了。而这株绿萼梅又种植在水边，照水而开，暗香浮动。等绿萼梅全开了，还要再来一次橘子洲。

有的直角梅上面，一半是红梅，一半是白梅，很感好奇。回来查资料，说是梅花树上可以通过嫁接来实现不同花色的梅花同在一株的情况。

也看到白色的龙游梅，龙游梅类花期很短，只有一周。

照水梅类现在开得还不多。

垂柳微微泛青了。

●○　2 月 10 日

今天天阴了,走在路上,有零星小雨飘落。二十四番花信风中,立春一候迎春、二候樱桃、三候望春。前日看到野迎春开了几朵灿然的花了。药植园的樱桃花还没有开。记得湖南大学那里也有樱桃花,现在应该也还没开。望春就是玉兰了,小区里的白玉兰现在还没有开,但去年十二月就看到树枝上举着小小鼓鼓的、毛茸茸的花苞。

小区里紫叶李的叶子全部掉光了,光秃秃的。仿佛记得前些天还有些紫红色叶子在上面。现在落光了叶子,是要储备营养专心开花了吧。

●○　2 月 11 日

今天天晴了,阳光和煦,温度也升高了不少。只穿了一件白色毛衣、黑色长裤,再披了一件长马甲,从厚厚的冬衣中解放出来,浑身轻松。

这几天都买了碧色的甜豆,颜色像是一汪春水。甜豆炒肉末吃,嫩滑清爽。看起来也很漂亮,青青翠翠的。春天里吃这种清爽的菜,心里觉得特别舒服。孙思邈认为:"春日宜省酸增甘,以养脾气。"春天里要多吃些温性的甜食以养脾胃,准备还去买些山药、春韭、大枣和桂圆。

●○　2 月 12 日

小区里的四季桂还在开花,金灿灿的小花,香气很清淡,凑近了闻能闻到。整个冬天,四季桂都是开花不断。下雪的时候,小花还被冰雪冻住了,却举重若轻、浑不在意。雪融了还是照开不误。

四季桂又叫月月桂,和其他品种的桂花如金桂、丹桂、银桂的最大不同是四季桂能常年开放,但是四季桂的香气却大大比不上它们了。尤其是金桂,中南大学和中医药大学校园里就种了不少金桂,金桂盛开之时,整个校园都被甜香笼罩着,深深吸一口气,仿佛吃了一块馥郁的桂花糖。

四季桂常年开花而淡香,金桂深秋开花而浓香,做人的话,是做细水长流、但泯然众花的四季桂好,还是做一鸣惊人、花香倾城的金桂好呢?

各有各好吧。花的世界，存在即合理。人的世界也一样。

不过就我而言，要是养花的话，会更想养金桂。为了那一季的甜香馥郁，等待再久也是值得的。

●○ 2月13日

准备去婆家过年，年后还要回娘家拜年。也就是说，春节期间，要从湘北到湘南过年，再从湘南回湘北拜年，然后返回长沙。

中国人对过年是极有情结的，大家欢聚一堂，其乐融融。这也是人最本真和最温暖的时候吧。不再是某个单位的谁谁，而是祖父母的孙辈、父母的子女、儿女的父母。尽享天伦之乐。

●○ 2月18日

今天是大年初三，明天是雨水节气了。古历书上记载："东风解冻，冰雪皆散而为水，化而为雨，故名雨水。"这表示最寒冷的时节已经过去了，不会再有降雪，而是会降水了。雨水三候：一候獭祭鱼；二候鸿雁来；三候草木萌动。

春节期间的天气一直很好，持续一周的大晴天，气温差不多突破了二十度。但是从昨天开始，天气转阴，今天还下起了细雨。未来一周，也以雨水天气为主，气温也下降了。

今天下午回了长沙，见到小区里的玉兰绽开了不少。小区里的似乎是二乔玉兰，花骨朵沉淀了紫色，花瓣边缘却是白色，有一层渐变的美妙过渡，散开细细的紫红色脉络。母校中南大学南校区那边的玉兰应该也开了。

早在十二月的时候，就看见玉兰光秃秃的树枝上在孕育着毛茸茸的细小花苞，每次经过的时候，我心里都浮起微微的期待。今天下了一点儿细雨，二乔玉兰在蒙蒙细雨中，显得清丽可人。紫色本来就是自带忧郁效果，蒙着雨水的淡紫色花，像是泪光闪闪的美人。总是用美人比花未免俗气，可是花给我的感觉的确如此。

南校区进门那里有个小园子，里面就种着很多玉兰，白玉兰、紫玉兰都有。平常小园子一点儿都不起眼，到了早春的某一天，变魔术似的，忽然绽开了很多花。一般是白玉兰先开,花瓣晶莹,花朵朝天,神采奕奕的样子,衬着明洁的蓝天,真是好看。紫玉兰,也就是辛夷花,不如白玉兰高大,花开得也晚几天。二乔玉兰则是白玉兰和紫玉兰的杂交品种。

准备明天去中南大学南校区转转,看看玉兰。玉兰的花期就那么几天,希望不要错过了。

雨水
YUSHUI
小艳疏香最娇软
大寒天气暖, 寒到二月满。
XIAOYANSHUXIANGZUIJIAORUAN

●○ 2月19日

早上下了一点儿细雨,天乌沉沉的。去中医药大学药植园里转了转,路过新月湖。

新月湖水色碧沉,湖畔的野迎春还没有开。奇怪了,过年前在橘子洲头还看见有几朵开了。也许我们这里温度比橘子洲头更低,所以影响开花时间了?

到了药植园入口处,木栅栏后面的白梅让我眼前一亮。一人多高的白梅,娴静地独自开放着,映着身后的萧瑟,如同凌波仙子,清雅出尘。梅花是适合孤独的,单独一株,便觉气质不凡。怪不得古人要把"昨夜数枝开"改为"昨夜一枝开",还留下了一字师的佳话。

不小心衣角碰到梅枝,白梅细小如珠的花瓣便片片飘散,如同点点微雪。有几枚飞到我身上,倒叫我想起李后主的词"砌下落梅如雪乱,拂了一身还满"。

走进药植园,又转了一个圈儿,忽然眼前又是一亮。一株高大的乔木,开满了金灿灿、明亮亮的小花球,姿态优美,如同花旦拈指。树枝上没有叶只有花,更显得灿然明亮。

春天里的金色小花球,难道这是结香?走近了一看,拉拉树枝,并不是柔韧可以打结的那种,闻闻小花,气味清冽但不浓郁。再仔细看了看,确认是檫木。"檫木,木之察也。"檫木也是早春开花,比野迎春还早,只是平日里没有注意过药植园里还有这么一棵树。寒假里它开花的时候,药植园寂静无人,它也就像王维诗中的《辛夷坞》一样,纷纷开且落。

想到辛夷坞,自然就想到了辛夷,也就是紫玉兰,药植园边有一株紫玉兰,不到一米高,已经长了寸长的褐色小花苞,宛若刚生出的鹿角一般。药植园深处还有一株白玉兰,树比紫玉兰高上不少,花苞比紫玉兰也要大上几号,有几个花苞已经微微绽开,褪去了褐色的花被,露出嫩白色的花瓣。看来,再过几天就要开了。

药植园里,还有低矮的珊瑚樱结出青绿色和金黄色的小果子。金黄色的是快成熟了。珊瑚樱的花细小,不被人所关注,但果子是十分的可爱,变色也很特别,刚结出的小果子是青绿色,然后变成嫩红色,最后在成熟时变成金黄色。果子红色的时候最为好看,因此得了珊瑚樱这个娇艳的名字,此外还有冬珊瑚、红珊瑚、珊瑚子等名字。但今天看到的,没有红色的小果子。金黄色的小果子跟小金橘似的。

蜡梅还开着,但不如初开时那样嫩黄鲜妍了,颜色稍微旧了点儿。

任何花,都是初开时最吸引人啊,春天也是,"一年春好处,不在浓芳,小艳疏香最娇软",早春比暮春,要多了几分叫人憧憬、激动的魅力。因为你知道,还有更多的花,会在接下来的日子里,次第开放,生活充满期待与惊喜。

●○ 2月20日

今天早上开始煮八宝粥吃。春日里,吃点儿甘芬的薄粥,利于养生。

仍然细雨连绵。今年立春过后,都是大晴天,雨水过后,都是阴雨天。可算是应了景。这样的天气,很适合蜷在沙发里,看一本恬静温柔的书,最好还放一首淡淡的老歌。

心里像是汪了一泓沉静的春水,被细雨轻轻泛起微微的涟漪。

●○ 2月21日

二乔玉兰的花期比白玉兰还短，小区里的几株二乔玉兰有的开得还正好，有的已经开败了，落了一地的淡紫色花瓣。

茶梅被雨水浇了个透湿，那花瓣上的嫣红仿佛晕染开来，更加鲜亮，显得容光焕发。

●○ 2月23日

今天早上大雾，雾散了便渐渐天晴，太阳越来越烈，温度也升高了。中午去中南大学新校区看天鹅。中南大学新校区的玉带湖上养着白天鹅和黑天鹅。

我在中南读研的时候，新校区还正在修建，后来我们毕业了才建成，真是植物园一样的郁郁葱葱，草木繁茂。后来环经校园的玉带湖上还养了白天鹅、黑天鹅以及绿头鸭。学生们在草地上看书看累了，就去玉带湖上看看天鹅。这样的校园生态环境真叫人心中舒畅。

天鹅们浮在水面上，像一朵朵轻盈的大莲花，姿态高雅美妙。有的黑天鹅站在岸边打盹儿，把红色的喙与修长的颈都藏进翅膀里，懒洋洋地晒着太阳。也有的在湖里捕捉小鱼虾，头和颈都扎进了湖里，只露出尾羽和一双红掌浮在湖面上，看上去很是滑稽。白天鹅则是金黄色的喙，它们很矜持，都是在边上游着，把湖心的位置让给黑天鹅。

教学楼 A 座前面的白玉兰还是没有开，连花苞都是小小的。香樟树结出了细小如豆的叶芽。四季桂还在开着金黄色小花，金桂、丹桂却已结出青绿色的豌豆大小的桂子，微型芒果一般，一串串的，果皮上还点缀着几处不规则的淡色小点。

摘了一颗桂子，剥开嫩绿色的果皮一看，是近乎透明的果肉，深深一闻，是和桂花香气很类似的甜润香气，只觉全身舒泰。这桂子还没有熟，熟了之后会变成黑紫色。桂花真是特别，其他花开花的时节，它在忙着结果子。桂子之可爱也不在桂花之下，于是摘下几颗桂子，带回去放在书桌上，也添几分甜润果香。桂子是可以吃的，只是滋味不似桂花那般甘馥，也有暖胃散寒的功效。

图书馆前面的草地上，看到了繁缕开出的小小白花，花朵只有米粒那么大，星星点点地点缀在贴地的绿叶上，很是好看，怪不得有人称繁缕是"洒向大地的星芒"。繁缕身边，还有比它稍大一点儿的灿然小黄花，那就是蒲公英了。

玉带河上的黄素馨开了两三朵了。纽扣大小的金黄色重瓣花朵。有年轻的男孩子在黄素馨旁给女朋友拍照。女孩子笑靥如花。再过些天，这里就会是一片烂漫了。碧叶黄花，赏心悦目。

黄素馨是倍觉亲切的花了。在大一所在的中南大学南校区三食堂前面，就是一排黄素馨，枝条长而柔弱，通体光滑，叶子碧绿。花开的时候，金灿灿的，粲然明亮，仿佛点燃早春的清冷。南校区荷花池阶梯处也有黄素馨。

D座后面的草地上，则是大片的白车轴草，也开了小白花。它的花是一个小花球，密密麻麻的管状小花挤在一起，如同车轴一般。这也就是它名字的来源吧。

从D座转出来，忽然眼前一亮——外国语学院后面的二乔玉兰开得真是耀眼啊。今天又是蓝天，衬托着一看，特别的亮丽。只是二乔玉兰在小区里见得多了。二乔玉兰花期也只有几天，今天出来的时候，小区里又飘了一地的玉兰花瓣，花瓣底部一抹紫色，已经带了萎黄之色。我拾起一枚花瓣细看，觉得指上清凉柔软。玉兰花的花瓣，只要一落地，就迅速憔悴，再也没有在枝头意气风发的骄傲了。

早春二月，百花初醒，睡眼惺忪。再过段时间，就有各种姹紫嫣红争芳斗艳了。

●○　2月24日

今天早上又下雨了，算是中雨，不再是蒙蒙细雨。貌似早春的清丽朦胧就要过去了。

雨水把草木的叶子洗得鲜亮，紫叶小檗看上去尤其美貌。小区里的灌木，如卫矛和海桐等都生出了细细的青色叶芽。

乍暖还寒时节，风吹过来还是凉意袭人，但是已经是惬意的清凉，而不是刺骨的冰凉了。

●○ 2月25日

明天学校正式开学,今天得空又去药植园转了转。药植园里人气渐旺,今天有好些人在里面徜徉着。

白梅还在开着,红梅还在含苞。不知道这株红梅是什么品种,现在长沙的红梅差不多都开了吧,唯独它还不急不慢。是朱砂梅吧。

让人惊喜的是梅花树上一个巴掌大小的小鸟窝。好像上次来的时候并没有见到啊。这小鸟窝也不是我先发现的。我正在拍梅花,忽然旁边有人惊叹道:"好精致的鸟窝!"我转头一看,有几个人正围着梅花树上的鸟窝细看。我走过去,见那鸟窝做得十分精巧,似乎是用长茅根搭建的,圆溜溜的,里面还有小绒毛,似乎是鸟儿从身上薅下的,看上去柔软而暖和。鸟窝外还有一小块塑料薄膜,围观人讨论,是鸟儿特意衔来给鸟窝挡雨的。

寒假时药植园里安静无人,因此鸟儿对药植园的生态环境很满意,把巢筑得很低,离地只有一米左右。现在鸟儿不在家。按惯例,雄鸟筑巢,然后求偶,再然后就在鸟巢里生儿育女。如果没有人去惊扰它的话,很快这精巧的鸟窝里就会有新生命诞生了。

药植园里的蒲公英和繁缕开了很多,遍地都是,金灿灿,亮晶晶的。

●○ 2月26日

今天阳光特别灿烂,天很蓝,但是是淡淡的仿佛吹一下就散开的轻柔蓝,不是那种澄澈的湖水蓝。

校园的草地上,现在也已经到处是星星点点的繁缕,树下闪闪烁烁的。还有很像蒲公英,但比蒲公英纤细瘦小得多的菊科植物,中华小苦荬,抱茎小苦荬。据药学院老师说,小苦荬清热解毒的功效比蒲公英还要强,但滋味比蒲公英也要苦得多。蒲公英好歹还可以算是美味,小苦荬却只能做药了。因此,蒲公英会有人挖来做野菜吃,小苦荬却无人问津。

●○　2月28日

　　昨天晚上,先是淅淅沥沥下了小雨,然后到了七八点的时候雨大起来,打在玻璃窗上噼里啪啦地响,还伴随着阵阵春雷之声。

　　今天早上就天晴了,只是草地上的泥是湿软的。空气很清新,走在路上,有一种很轻盈的感觉。中午却渐渐地热起来,穿着一件毛衣,再披一件外套,都觉得隐隐的热,有二十多度了吧。

　　校园里的山茶花陆陆续续地全开了,然而茶梅也还在开着,花期真长。山茶花的植株普遍比茶梅要高大,花色更鲜艳,花瓣如丝缎一般拥挤纷繁,几乎看不到花蕊。比较惹眼的有一株山茶花,开的花竟然是各种不同的颜色。有鲜红欲滴的,有雪白清雅的,有雪白中带一抹嫣红的,那就是传说中的"抓破美人脸"了。

　　山茶花的品种很多,这些品种的名字也很好听。要是能一一辨认出来的话,那真是大神了。现在已经有谢掉的山茶花了,山茶花凋零时是整个的萎黄,看上去略感心疼。茶梅则是片片落红,仍然嫣然好看。

　　山茶花曾有别名曼陀罗花,《天龙八部》里有曼陀山庄,即王夫人所有的种满山茶花的私家园林。段誉跟王夫人论山茶花品种,说"十八学士""抓破美人脸",那段文字十分精彩。

四时花事
SISHIHUASHI

SANYUE
江南自然笔记

三月

等风来
不如追风去
花开花落云卷云舒

惊蛰：雷声隐隐
春分：真正的阳春

进入三月,才感觉春天真的来了。今天出去,走到小区里的某一处,忽然明光耀眼——原来是白玉兰开了!

仿佛是一夜之间,玉兰树枝上胀鼓鼓的花苞全部绽放,明润洁白,衬着蓝天,玉一般高贵清华的气质。那树干上缀满花朵,别无枝叶,树姿又挺拔,真的是有亭亭玉立之感。在玉兰树下站了好一会儿,仰头看着,仿佛要看到玉兰的灵魂。

记得岳麓山下新民学会旧址那里有一棵极高大的玉兰树,花开时,连屋顶上都坠满雪白花瓣,如同童话。这周末要去看看。

真爱这一树洁白无瑕、丰润晶亮的花呀。忽然想起了文徵明的《玉兰瘦石图轴》题诗:"绰约新妆玉有辉,素娥千队雪成围。我知姑射真仙子,天遣霓裳试羽衣。"这玉兰花,果然是光华明亮,若玉如雪,又恍若姑射仙子,飘逸着霓裳羽衣。

上班路上,仔细看着路边,所有的植物似乎都长出了嫩芽。金边黄杨的颜

色本来就鲜嫩了,谁知道新叶的颜色更是清亮呢? 一切都是水灵灵的。

　　中午去附近的农家小店吃饭,看到田里的油菜花开了不少。惊喜的是发现了田垄间蓝紫色的阿拉伯婆婆纳。这些天看到繁缕,看到蒲公英,我就一直在找阿拉伯婆婆纳。阿拉伯婆婆纳虽然也是见风长的小草花,但其分布还是少于繁缕的。蹲下身去细细看,阿拉伯婆婆纳真是很美貌很精致的小花呀,只有指甲盖大小,蓝紫色花瓣上还有细细的均匀的脉络。

●○　3月2日

　　昨天晚上下了一夜雨,今天气温又降低了。

　　早上出来,看到小区里昨天开花的白玉兰花开得更加繁密了。而它身边昨天还在含苞的另一株白玉兰则绽放了几朵,其他花苞也有一种胀鼓鼓的要全部绽放的感觉了。生命的绽放,青春的闪耀,真是给观者以最美的体验呀。而这些植物也仿佛自知其美,陶醉在自己的美貌之中。但是因为它是真正的美,因此并没有顾影自怜的做作,反而有一种"醉春风"的自信自负与娇憨可爱。

　　还有几株白玉兰还在含苞沉睡。白玉兰真有意思,即使是在同一个地方,也是次第开放,并不是"忽如一夜春风来,千树万树梨花开"的。但是同一棵树上的白玉兰,则差不多是同一时间开放,冰清玉洁的花霎时间纷纷披立枝头,几乎光芒四射。怪不得李渔在《闲情偶寄》里说:"世无玉树,请以此花当之。"玉树临风,就是春风里玉兰树的样子。

　　晚上学校有元宵喜乐会,师生们一起猜灯谜品汤圆,现场还有汉服表演。现场许多学生都是穿着羽绒服或者大衣来的。

　　正月十五日,又称为上元节或灯节。据宋史记载:"三元张灯,本起于方外之说,自唐以后,常于正月望夜开坊市门燃灯,宋在之。"所谓三元即上元(正月十五),中元(七月十五),下元(十月十五)。上元灯节该是古代最浪漫的节日了,青年男女在这一晚出来看各种花灯,各种邂逅与浪漫,从而成就了不少旖旎的爱情故事。不知道今日的校园,是否又会诞生值得回忆一生的青春故事呢? 氛围真是动人。

　　早几天,已经注意到楼下的紫叶李绽出小小的花蕾,并长出了紫红色的叶子。早晨经过的时候,发现已经开几朵了。五瓣白色小花绽放在春风里,显得格外轻盈灵俏。我摸了摸花蕾,是柔软的。记得梅花未绽的时候,也去触摸过梅花的花蕾,那是坚硬的。梅花果然冷艳,而紫叶李则果然软萌。

●○　3月3日

今天周末,一早起来,看见没有下雨,就打算去省植物园。天气还颇冷,于是就都穿着毛衣出去了。

去的时候,植物园人还不多,大约是我们还到得比较早的关系。植物园的梅花,此时是最盛之时,走几步,便看到老亭前几株一人多高的朱砂梅,枝叶铺展开来,像是有一间小房子那么大。再走几步,又看到了一株宫粉梅,开在小桥流水边,临水照影。转过竹林,则看到白色清雅的江梅。橘子洲头是梅园,一大片梅林如梦似幻,而植物园的梅花则是散布着,移步换景,忽然令人眼前一亮。

最近梅花是看得最多的,直接从冬天看到了春天。但梅花如此之美,怎么都看不厌的。尤其是美人梅,颜色很少女,轮廓也柔和,真是恍若美人小影啊。

在植物园还看到了好些高大的白玉兰,都快成白玉兰林了。风一吹来,便有几片花瓣轻轻飘落在身上,拾起一枚,看到雪白花瓣蒂端一抹轻柔的紫色。忽然好想看看月下的白玉兰,会是什么模样呢? 月明林中美人来?

繁缕仍是随处可见,好些阿拉伯婆婆纳凑在一起眨着湖蓝色的眼睛。还有引种过来明艳照人的郁金香、洋水仙、风信子,让人观之,不由得精神为之一振。

去了樱花湖转了一圈儿,早樱还没开,连花苞也没有。又开始期待樱花了。结果走过樱花湖,看见一片明亮的小红云,走过去一看,树枝上没有长叶子,就挂着一簇簇深红色的小花。这花和玉兰是背道而驰,花垂着头,对着地面开放,好像是一个个小铃铛。这就是钟花樱桃了。

●○　3月4日

这几日植物真是见风长啊。楼下的紫叶李,今天已经差不多绽放了一半。喜气洋洋,明亮亮的。碧绿的卫矛新叶,已经长得跟深绿的老叶差不多大了。一切都在生长,都在发芽,都迫不及待地要在春风中尽情地舒展开来,爆发出来。

记挂着橘子洲头的梅花,于是下午又去了橘子洲头。上午阳光灿烂,气温较高,因此下午就只穿了一条长袖连衣裙。没想到走到橘子洲头,忽然刮起风来,天乌沉沉的,还下了几点雨。我担心会下暴雨,结果一直没下,只是越发冷起来了。

一路上,看到开了很多花,白玉兰、紫玉兰、二乔玉兰都开得极高兴的样子。这里的白玉兰不如植物园的高大,有几朵凑近了去看,花就贴在脸边。比了比,白玉兰花算是比较大的了,有小孩儿摊开的手掌那么大。有年轻的女孩子攀着白玉兰花,放在脸边自拍,花面交相辉映。春天里,女孩子青春的脸也显得格外水灵。

江边有一棵早樱已经开了,枝头如落满了雪,引得游人纷纷驻足。桃花也开了几朵。桃花更是软萌了,花苞柔软得叫人心疼,如同穿久了的苏州丝绸。开了的桃花也是五瓣花瓣,和李花长得很像,只是比李花要大上一些,颜色润红粉泽,也美貌很多。怪不得古人一赞美人就是用桃花面来形容,比芙蓉面出现的频率还要高,实在是桃花喜气洋洋一张美人面啊。

走到梅园,发现一大片梅林的花都谢了。这个我也不是太意外,橘子洲头的梅花开得比较早,自然谢得也早。小湖边的游龙梅开花了,一株白色的游龙梅,花大而美,它的白色简直像是月光的轻盈与透明,要美过江梅了。人们总是很容易为美而心动,一群女孩子围着这株游龙梅拍着照,久久不愿离去。

草地上的小草花也有好些,三色堇,繁缕,中华小苦荬,阿拉伯婆婆纳,蒲公英,都是春天常见的小草花。

把目光从花身上移开,很快又被湘江边一行柳树给吸引住。上次二月份来橘子洲头时,柳树枝条柔软光滑,一片叶子也无,只是微微泛青。今天则是枝条上生满了极细小的叶子,清新的青碧之色,看着非常舒服。"万条垂下绿丝绦",轻软如丝绸的绿色柳条,果然不错。

到了下午四点,要赶回去了。回去后不久,居然乌云散去,太阳射出金光来。结果到了晚上八点,又开始淅淅沥沥下小雨,后来雨越来越大,听着像暴雨了。屋里也冷,就开了电烤炉。这气温的变化,真是跌宕起伏啊。

●○　**3月5日**

今天一出门，就觉得冷飕飕的。赶紧回去换了件大衣，感觉又回到了冬天。

走在路上，觉得空气里仿佛有一种甜丝丝的味道。大概是昨天刚下过一场雨的缘故，空气格外清新。而早春的草木萌动又让风里携带着芬芳之气。

到了下午，又下起雨来。这雨时停时下，很任性的感觉。

回家路上茶梅掉了一地，枝上已无新花。茶梅的季节终于要过去了。

白玉兰花瓣上沾染了滴滴雨珠，更显得明洁如玉。

香樟树的绿叶里开始闪现几枚鲜亮的红叶。红叶是香樟叶老去的标志，香樟树的叶子和其他的树不一般，主要是选择在春天里完成新老交替的，因此春天里香樟树的红叶最多。秋天里也有的。

惊蛰
JINGZHE

雷声隐隐

惊蛰至，雷声起。

LEISHENGYINYIN

●○　**3月6日**

昨天晚上雷声隐隐，声音并不是很大。记得前年的时候，也是惊蛰时节，有一晚雷鸣轰轰，吓死了我家书房里养着的一只名叫"奶糖"的小兔子，我还心疼了好几天。

雷鸣是挺应景的。因为昨天就是惊蛰。惊蛰的意思是天气回暖，春雷始鸣，惊醒蛰伏于地下冬眠的昆虫。《月令七十二候集解》中说："二月节，万物出乎震，震为雷，故曰惊蛰。是蛰虫惊而出走矣。"惊蛰三候：一候桃始华；二候仓庚（黄鹂）鸣；三候鹰化为鸠。惊蛰之后，便已进入仲春，气温回升，万物复苏，雨水渐多，大部分地区都已进入了春耕。

●○　3月8日

前两天都在下雨，温度也下降得厉害，体感温度只有四五度，又裹上了大衣。晚上就窝在烤火炉上看书，听着淅沥雨声，觉得亦是春天里温暖而惬意处。

今天早上温度又上升了，虽然风吹过来还有丝丝凉意，毛衣和呢子大衣却已经穿不住了，于是穿了件白色打底衫，换上轻薄一点儿的蓝色开衫出去，觉得身上清爽轻便好多。到了中午，阳光强烈起来，天越来越蓝，是个大晴天。

因为今天是三八妇女节，下午放了半天假，我就来到药植园看花。雨过天晴，阳光灿烂，药植园里紫叶李、樱桃花、红梅花、山茶花等纷纷开放，花满枝丫，香气扑鼻，美不胜收，吸引蜂蝶前来采蜜忙。

紫叶李开得真是如新雪堆辉一般了。看上去忍不住心生欢喜。紫叶李是花叶并生，此时树枝上已经生了紫红色的小叶子。可是花完全抢去了叶子的风头，不细看根本注意不到叶子。

紫叶李旁边就是李树了，李花于白色中透着一缕浅碧。花形和桃花很像，五个圆圆小小的花瓣儿，怪不得桃李并称。但大多数李花还含苞，却已引得一只带豹纹的小蝴蝶频频飞来了。

樱桃花也开了，开始我以为是樱花，但是觉得不如樱花美貌，再一细看，认得是樱桃花。樱桃花的花朵比桃花、海棠、梅花都小，但比樱花和李花大，不如樱花活跃张扬，而是简净内敛，灵秀可喜。如此的花，才结得出那样玲珑可爱的小樱桃来。樱桃古时又名"莺桃"，这名字小巧轻盈得让人心颤，大概是小黄莺最爱吃的果子吧。

白梅谢了一地，红梅全开了。梅花的季节就差不多要过去了。

檫木花虽然还开着，但已经不似初见时那样水灵清澈了。檫木花的季节也要过去了。玉兰花也有点萎靡了，地下落满了花瓣，树上的花也不似那样精神劲儿十足了。

一批花的芳华已经渐渐落幕了，另一批花正赶在来开放的路上。

●○ 3月9日

晚上，跟妈妈出去散步。一路的花香草气。绝大部分的花我都认识，就一一说给妈妈听。想起外婆也是特别喜欢植物，在老家的顶楼上开辟了一个绿色庄园，种了各种果蔬，每天都爬上楼悉心照料，除草施肥。妈妈说，外婆曾经说过，不管多辛苦，看到那些绿色果蔬在风中飒飒生长，就会非常快乐。那种愉悦真是任何事情都比拟不了。

我记起外婆绿色庄园里的丝瓜、辣椒、豌豆和马齿苋了，外婆曾经把这些自己种植的蔬菜做成美味佳肴拿给我们吃，真是极鲜嫩爽口呀。自己家里种的果蔬，浇的是我们小城那里清澈的井水，真是很清新很家乡的味道啊！

植物温柔地滋养着人类，悦目、怡心也养胃。我们都是受着大地恩惠的人，有什么理由不对这些草木满怀欣喜与感恩之心呢？

●○　3 月 10 日

　　今天阳光好,在家洗东西,拿出去晒晒。

　　晚上在灯下看一本南宋林洪所著的《山家清供》。这本书描述了当时山居人家清淡饮食的清雅韵致,大学时在图书馆看过,就爱不释手,前几年忽然想起,便特别去买了,同时入手的还有《遵生八笺》《随园食单》以及《闲情偶寄》等跟生活美学特别是饮食美学有关的书。

　　和一般的美食书并不一样的是,《山家清供》在专述宋人山家饮馔及其制法的同时还旁征博引,并大量引用与美食相关的诗词名句。林洪本是进士出身,饱读诗书,为避乱世而隐逸山林,而文人情怀始终不变,因此掉书袋是在所难免的。但书袋掉得很是地方,整本书看得很有意思。

　　《山家清供》记录"槐叶淘"时,也引用了杜甫诗句:"青青高槐叶,采掇付中厨。新面来近市,汁滓宛相俱。入鼎资过熟,加餐愁欲无。"并因此解释槐叶淘制作的方法:在夏天采摘下高处生得正好的槐叶,用开水煮一会儿,再把槐叶研细滤清,和面作淘,并以醋酱做成调味汁,槐叶一簇簇细细的,用盘端着,青碧新鲜,很是可爱。

槐花可以吃是早就知道的,槐花味道清香甘甜,生吃熟食都可以,具有清热解毒、凉血润肺的功效。槐叶能吃是看了林洪这本书才知道。春天的长沙,哪里有高高大大的槐树?

●○ 3月12日

周末两天因为忙着家务和赶稿,并未出去。看朋友圈里说武大樱花开了,但长沙南的湖南省植物园的樱花还结着花苞,快开了。想着下个星期去省植物园看花去。樱花花期很短,不抓紧时间就只能等明年了。

今年春天里好像各大高校都在打"花"的牌。之前开高校新闻宣传工作会议时加其他高校老师的微信,结果看朋友圈里,武汉大学的樱花、华农的黄花风铃木、华中师范大学的玉兰花、福建中医药大学的紫云英都刷屏了,一个学校的草木,也是一个学校的灵魂与气质啊。

今天出来上班,又被校园里的紫荆花给惊艳了。啊,这种总是被春天里的花惊艳的感觉真好啊。紫荆花开了小半枝,这枝头密密都是豆子大小的紫色小花,远看如落了一层紫雪一般。国教楼下是紫叶李则是如白雪一般覆满枝头。

办公楼下的草地上有几点紫色在闪烁,俯下身仔细一看,居然是二月兰哦。紫色的十字小花只有纽扣大小。和在南京玄武湖旁看到的大片蓝紫不一样,这里只有零星几朵。也许尚未到花期,更多二月兰的花苞还在孕育之中。草地里还散落着星星点点的碎米荠和通泉草。碎米荠花是白色十字小花,长得像荠菜花。通泉草则是很美貌的淡紫色小花,花很小,比婆婆纳还小,还没有一厘米长,形状像只不规则的小勺子。

很多植物都生了新芽新叶。经过前几天的春雨,卫矛被濯得更加鲜亮,长得和老叶一样大了,生得比老叶还高。仿佛是十五六岁的大孩子,身高体重都已经超过父辈,只是脸上还带着稚气,朝气蓬勃之极。

银杏叶还没有发芽长新叶,仍是光秃秃的树枝。

●○ 3月13日

早上又在鸟鸣中醒来。只觉滴滴鸟啼之声,如露珠一般沁人心脾。洗漱完出来,看到楼下的桃树光秃秃的树枝上开了一朵花,花瓣莹洁细嫩。一朵忽开放,接下来就是千朵万朵压枝低了。春天真是跟变魔术一样。

小区里那高大的柿子树上今天终于也发绿芽了,一点点的新绿,特别可爱。忽然觉着"老树逢春"这个词的美了。柿子树还有一个美的时候是深秋,挂满小红灯笼似的小柿子,引得一群鸟儿在树上快活地抢柿子吃。彼时是成熟慈爱之美,现在又焕发青春的灵气与活力了。

最先开的白玉兰也谢了,后开的白玉兰现在到了鼎盛时期。白玉兰每个时期都有不同的美,前期,欲开未开,让人充满期待。中期半开,花瓣最为水灵润泽,而气质清雅脱俗,如刚刚走出绝情谷的小龙女。到了后期,花瓣全开,如小旦拈指,多了几分妩媚嫣然。

走在校园里的林荫道上,嗅到了香樟树的浓馥香气,清新醒脑。昨天的香气还没有这么浓,真是春深香愈浓。

今年学校校园里的紫叶李和辛夷花比往年多多了,学生宿舍楼下微雪一般的紫叶李花瓣落在身上,也生出几分浪漫气息。辛夷花现在也都开了,以前还专门跑到中南大学南校区去看辛夷花小林子,现在不用了。

办公楼下,忽然发现几棵红花檵木,紫红色叶片托着流苏般的深红色花瓣。中南大学南校区六食堂那里的红花檵木,是我的青春回忆,还曾在那里留过影。只是中南大学那边的红花檵木生得十分高大,比人还高,这里的红花檵木只有半人高,可能也是去年栽种的,去年春天并没有发现。那么药植园里的白花檵木,现在也应该开了吧。

在办公室工作的时候,也听到鸟啼滑过窗边。禁不住微微闭上了眼,瞬间沉醉在这鸟语花香之中。要不是手上有这么多工作,真想像学生时代一样,捧一本书,去花树下,草地上,静静看,细细读,字里行间,都会是清芬徐徐拂来。

中午一点多的时候,忽然下了一阵雨。两点出来,只是地面略湿,路上摆放的私家车车窗上有滴滴水珠而已。雨后香樟的气息更是浓郁,明明是很清新不带攻击性的香气,却馥郁得让人有点儿飘飘欲醉。香樟气息里还糅杂着其他草木初绽生发时的香气,掬一捧就可以拿来酿酒的感觉。

紫叶李有的已经谢了一些,紫红色的叶子开始抢眼。在开花的时候,谁注意过叶子呢?

到了两点多,又是一阵急雨,雨还不小,打得窗户噼里啪啦地响。可是这雨总共持续也就十多分钟吧，很快就停了，然后三点多又开始下雨。春天的天气正如孩儿脸，说变就变。

那等下班回去后的草木气息，会馥郁如酒了吧。

●○　3月14日

昨晚雷雨。早上雨停了。一路行来，香樟树下是一地的细碎叶苞膜，抬头一看，啊，香樟新生的嫩叶已经在风中招摇了，薄如蝉翼，浅碧轻绿，看起来十分舒服。我抬手轻轻摸了摸香樟树的柔嫩新叶。

想起小时候，在楼下的小花园里，每到春天，最喜欢的就是带一本书到那里去寻找嫩叶做书签。香樟树的新叶自然是首选，平展轻薄，叶脉分明，手指拂过去，又闻得到淡淡的清香。

看着时间还早，就去了药植园。药植园长廊一带的旱柳也发了嫩绿的芽儿。虽然旱柳不如垂柳美貌，枝条不如垂柳修长，但是枝上爆发的春意给人的愉悦却是一样的。柳枝新绿，点染沉碧色的湖面。湖面有小水鸟在那里浮水游弋。春江水暖鸭先知，鸟儿们对物候的警觉是要超过人类的。

刚刚走进药植园，就听到一阵鸟啼之声，比往日更加热闹。穿过木篱笆门，

沿着碎石子路，一路随意走过去。

　　雨后初晴，朝阳如橘子汁一般浓稠，药植园的草木上雨水未干，在阳光下闪闪烁烁，显得很是灵动。辛夷花现在已经开得非常漂亮了，深紫色的花瓣上还沾着雨珠，有的花瓣轻轻翻转过来，花瓣的内侧则是皎白如玉。榆叶梅长得真像梅花，我一开始还以为真是梅花，但是它的花瓣又不像梅花一样圆圆的，而是更多地带有桃花的容颜，它实际上是桃花的一种，又叫小桃红。

　　雪白李花开到最盛，鸟鸣声也最多，走过去，鸟儿却警醒全飞走了。李花身旁的紫叶李的花瓣差不多都落了，一地细小莹洁的花瓣。贴梗海棠仍是含苞，但颜色深红，沾上雨珠更觉艳丽，如同美人戴上珍珠项链一般。蔓长春生了四五个淡紫色的小花朵，每朵花都是五个小花瓣，花瓣不像桃杏一样浑圆如珠，而是略微修长，也是清雅的植物小美人。紫色鸢尾开了零星几朵。桃花开了七八朵，桃花花开是花叶齐放，粉红清灵的花瓣，雨后更见风致，怪不得"桃花带雨浓"。桃杏李梅这些花的颜值相比，桃花当数最高的了。

　　走出药植园，转到校园里，看到教学楼下的樱花开了。樱花和这些长得相似的梅花的最大区别，就是花瓣顶端的中央，有个小小的凹进。其实樱花比桃花感觉略精致，但整体容色却逊色于桃花了。期待樱花开满，如云如霞。

　　第一教学楼下的蜡梅花是早谢了，此时生出嫩叶来。梅花树、辛夷花、白玉兰的花也谢完了，也是在认真长叶子。锦绣杜鹃发了几个寸许长的水红花苞，又是一番期待。

　　第三教学楼旁边的草地里，还发现了荠菜星星点点的小花。荠菜的花简直就是小白点，跟小米差不多大。花下的心形小物件不是它的叶子，而是它的果实。我小时候一直以为那是它的叶子来着，还觉得荠菜的叶子挺浪漫的。

　　中午去中南大学新校区图书馆看书借书，看到中南大学里面几十棵辛夷花全部开花了，走在校园里真是一树一树的花开，特别好看。因为时间匆忙，顾不上细看，等周末再来细赏。

　　晚上跟先生出来在小区里散步。小区里有一棵白玉兰正在风中飘落一片一片的花瓣。今夜没有月光，但花瓣洁白，在路灯下尤其显得可怜可爱。不忍踏上去，小心翼翼地避开。

　　恍惚记得哪位作家写过，想起初恋的心情，便如月下踏着片片落花，甜蜜而又惆怅。这个比喻也是很美了。

今早出来，看到楼下的桃花开了十七八朵了。前天是一朵，昨天有七八朵，今天就是朵朵桃花绽了。

新生的枇杷叶跟玉兰花似的，片片向天，因为直立的关系，可见到灰白色的叶子背面，样子很是呆萌。等到枇杷叶长大一点儿，便会变得宽大厚重。八角金盘也是，刚出生的小叶子，叶子边缘卷卷嫩嫩的，跟小螃蟹一样，可是等长大了，也是会长成阔大碧绿的小蒲扇子，一脸憨厚样。任何生物的小时候，都是萌得令人心颤呀。

黄素馨很早就开了，但开得还不多。总是零星几朵，灿然闪烁着。今天看到小区里的黄素馨开始多了，有几十朵欢欢喜喜地开放着。黄素馨的颜色比油菜花还明亮，看得人心里很舒服，如含着一颗玉米糖一般。

小区里绿化很好。当初也是因为看中这里的植物繁茂才买下了这边的房子。事实证明，选择对了。没有什么比草木相伴更让人感觉愉悦的了。

晚上又跟先生在小区里散步。白天工作繁忙，夜晚小区的草木气息让人精神为之一振。明天据说要起风下雨，因此今晚没有月光。橘黄色的路灯淡淡地照在白玉兰、紫叶李、桃花、紫荆花上面。看得不大分明，但闻到徐徐拂来的花木清香，胸腹间觉得无比舒畅。

夜色里,白玉兰丰腴潇洒,像是一首唐诗,紫叶李精致婉约,像是一曲宋词。桃花则像是一阕元曲,而紫荆花仍是热热闹闹的,像是戏剧了。

只要走到草木之中,人生的琐碎与烦忧就消除了大半。

●○ 3月16日

校园里的紫荆花前几天就看到花苞了。凑近了细看,紫荆花是直接从老树枝干上长出来的,大都是小花苞。小花苞像长长圆圆的紫红色扁豆子一样,但细密紧实,粗粗一看,应该有几百颗小花苞吧。

有的紫荆花花苞已经绽开了,蝶形的花瓣,有点儿像微型的大花蕙兰。绽开的花的颜色比花苞要来得轻盈,因而显得更加亮眼。豆科植物,都是淑女型的美貌。锦葵科植物也出美人,则是妩媚型的美貌。

回到小区,发现小区里的紫荆花也都开了。墙壁上老式路灯旁横过一枝落满"紫雪"的紫荆花枝,很有老上海的感觉呢。去年紫荆花开的时候,记得是引来了不少蜜蜂。紫荆花也是爱热闹的花,和桃杏一样,不像栀子桂花那样静气。爱静的花惹人怜爱,爱闹的花则令人欢喜。对于我来说,闹腾的花和静气的花,都是爱的。

木槿、芙蓉的树枝上都发了新绿色的叶芽。只有银杏,还是光秃秃的。

南天竹和火棘的小红果都已经不见了。南天竹掉光了红叶,还没开始长新叶。火棘则是满身新绿覆盖了之前的旧色了。火棘叶子新绿的颜色跟冬青卫矛很像,叶形也像,只是要小着好几号,都是柔和的椭圆形。

八角金盘上则是挂满青果了。这果子成熟了会转为紫黑色,现在是青青可爱。它开花要到十一月,和枇杷一样,开花结果的时间和一般花反着来的。

今天起风了,天乌沉沉的,有毛毛雨。昨天有二十多度,今天又下降了十几度,于是又裹上了大衣。

●○ 3月17日

春天的药植园真是一天一个样。今天周六,早上又去药植园散步,居然看到一小片浙贝母都开花了。花的颜色也是和叶子差不多的浅碧色,带点儿鹅黄,不细看还以为是新叶。

浙贝母的花一个个面孔朝下，如同一个个小铃铛一般，花瓣外侧有细细的白色纹路。小心翼翼扶起一朵低下头的花细看，如抬起小女孩的娇嫩面庞。浙贝母有花瓣六枚，内侧则是有细细的紫红色纹路，雄蕊六枚，护持着中间的雌蕊，整朵花虽然没有桃杏那样美貌绝伦，但也算得上沉静内敛的书香淑女。书卷气浓郁的花，有山茶、浙贝母、白及、四季桂，都是简净内敛、温柔耐看的样子。

蝴蝶花前两天来的时候才看见一两朵，今天树下也是一大片。蝴蝶花六枚花瓣，三枚雪白，三枚有淡紫斑点，并一抹鹅黄。花姿优美，如美人的兰花指。李渔曾赞蝴蝶花："此花巧甚。蝴蝶，花间物也，此即以蝴蝶为花。是一是二，不知周之梦为蝴蝶欤？蝴蝶之梦为周欤？非蝶非花，恰合庄周梦境。"蝴蝶花是异域风情的美人，和浙贝母这种本土气息浓郁的淑女相比，浙贝母的气场也没让蝴蝶花给压了下去。各有各美。

白花檵木也开花了。就在木篱笆的入门那里，有一棵被修剪得圆圆的白花檵木，只开了几朵，但极有特色的流苏状花瓣还是迅速吸引了我的注意。

红梅花只剩两三朵在枝头了。紫叶李的花完全凋零了。李花也谢了一半了。桃花正当时，开得极娇艳。尽管今天凄风冷雨，桃花还是开得喜气洋洋。桃之夭夭，灼灼其华。

锦绣杜鹃还是含苞,仅苞顶微露一点儿水红色。含苞的时间有点儿长啊。锦绣杜鹃容色浓艳,素来有"花中西施"之称,桃花李花在它面前也只能甘拜下风。白居易诗云:"回看桃李都无色,映得芙蓉不是花。"看着花苞儿,心里又添了一丝期待。

●○ 3月18日

二月二,龙抬头。早上吃了艾草粑粑。艾草粑粑就是用艾草揉汁加上糯米做成,没有放任何馅料,就这么嚼着已经很香。唇齿间满是清淡悠长的艾叶香气。

之前就听说省植物园的樱花全开了,于是决定上午到植物园去看花。前不久已经去过植物园了,这次去是专门为赏樱花。

到了植物园才发现,虽然细雨蒙蒙,但长沙市民们赏花的热情一点儿都没被打搅,有不少跟我们一样打着伞全家来赏花的人们。毕竟春花太美,春色又浓馥如酒。

一路行来,随见随拍。紫荆花、二月兰、鹿角杜鹃、郁金香、白晶菊、红花檵木、紫藤、桃花、李花、深山含笑等,还有环绕樱花湖那一圈儿如轻云淡霞一般的樱花树,在雨中显得玲珑剔透,楚楚风致。

围着樱花湖走了一圈儿,只觉得如梦似幻——虽然这个说法很俗套,但一时间也想不出更好的说辞了。

樱花花期很短,全盛期就那么几天,一不小心就错过了。十年之间,我只见过两次全盛期的樱花林,一是十年之前和同学兼好友惠在武汉大学见的,民国建筑衬上樱花如雪,时光仿佛倒流回一个古老的年代;一次是八年之前和同事兼好友艳在省植物园见的,樱花湖上轻盈如云,又兼映着樱花下锦缎一般的郁金香,有如走进一个童话。后面就总是和樱花错过了,不是来得太早,就是来得太晚。好在,今年赶上了。

雨中蜂蝶不再出来,倒是小鸟兴致很高。在树下听到小鸟儿的鸣叫,仰头一看,是几只小鸟在樱花树上跳来跳去,很高兴的样子。有小鸟啄食身旁的樱花,不知道是在选吃花瓣还是在啜饮花蜜。

樱花湖畔的樱花树多为早樱,千樱齐放,方有这如云如霞,如梦如幻的效果。走近了看,是单瓣粉白的花朵,带一点点红晕,单朵花比桃花显得柔和朦胧,仿佛美人戴上了轻柔面纱。而樱花树甚为高大,樱花花朵又生得比桃花要密集,

花开之时，花满枝丫。风一吹来，莹洁细碎的花瓣纷纷扬扬，漫天飞舞。走来走去，都觉得身在梦境之中，或者是在一个电影场景之中，太美了，因而美得不真实，美得空灵而虚幻。

其他花也是各种美。雨水之中，各种花都给人以灵气横溢的感觉。也见到全盛期的深山含笑了，雪白晶莹的花，花形跟玉兰很像，本来它也是玉兰科的植物。已经有好些花瓣坠落在地上。我拣起一枚看，只见通体晶莹，并不像玉兰那样根蒂部还有一抹轻柔的淡紫色。深山含笑也是极香的植物，雨中深深吸了一口气，只觉馥郁，但辨不清楚是深山含笑的香气还是其他花的香气，各种花香草气都糅合在一起了，汇成芬芳的气味河流。

邂逅到准备开花的紫藤。紫藤是从一个长长的如豆荚状的花序里开始萌生花朵的，现在花朵儿刚刚褪去表面的花苞薄膜，花瓣还紧紧闭合着，是很新鲜的紫色。

植物园里的红花檵木很让我吃了一惊，一棵舒展的红艳艳的树。在我的印象里，校园里的红花檵木都是剪成圆圆的妹妹头，憨憨的样子，没有想到它在植物园里舒展开来自由生长的时候，竟是如此妩媚动人！你本来是谁，你后来又被逼着成了谁，你是否还能找回你本真的样子？站在红花檵木前，竟然感慨了半天。

小草儿青青得仿佛在发光，叶子也被洗得发亮，空气中弥漫着湿润的草木芬芳与泥土气息。

不虚此行,草木如诗。

读书不觉春已深,赏花归来香满衣。

早上又是中雨。撑着伞走在校园里,雨珠打在伞上淅淅沥沥的。雨声素能助眠,几乎又要昏昏欲睡了。所谓春困吧,春天里人觉得懒洋洋的,真是犯困了。

银杏终于长新芽了。圆圆的绿色小叶芽,笔帽一般大小,很是可爱。可是已经看得出小小的扇形了。啊,好像《西游记》里铁扇公主缩小的芭蕉扇呀。

办公楼下,见到四季桂还在开着细碎的小黄花。这段时间四季桂天天开花,却不见它结果。倒是旁边的丹桂、金桂结出了一串串袖珍芒果状的青果。现在果子还是青的,等成熟了,它会变成紫黑色。

香樟树也开花了,黄绿色的小花,比四季桂的花更小更细,树上老去的红叶、新生的嫩叶以及细碎的小花并存。空气沁凉,香气更浓。香樟树的花,大小跟荠菜花一样,细细碎碎,米粒一般,自然称不上美貌。从香樟树下经过的时候,偶尔有小花轻轻坠在衣服上,也如桂花一般,沾染了满衣袖的清芬。

还有青枫也开花了,青色的细叶尖端生出一簇簇米粒大小的圆圆小花。

今天下午有美国斯坦福大学教授、著名的汉学家艾朗诺到中南大学南校区讲座,他是《才女之累:李清照及其接受史》的作者,我是素爱李清照的,机会难得,自然过去听了。

途中车经中南大学新校区,又见一树一树的花开。上次是辛夷花,这次是李花和樱花了,不由得眼前一亮,精神为之一振。

到了南校区,经过林荫道。南校区的林荫道,个人觉得是五大校区里最美的,大约也是因为自身的感情吧。大一的时候在这里度过,而大一是最轻松最美好最没有压力的一年。这林荫道上大多种着悬铃木和香樟树。两边的树木都很高大,如穹庐一般,弯在林荫道上方,走进去便觉绿意沁人。

顺便去荷花池看了看。紫藤长廊的紫藤花也从花苞里"破壳而出"了,但仿佛刚刚苏醒似的,还没有舒展花瓣。雪白茶花还在开,冰片一般的花瓣。青裙玉面如相识。

春分
CHUNFEN
真正的阳春
春分秋分,昼夜平分。
ZHENZHENGDEYANGCHUN

●○ 3 月 21 日

3 月 20 日前后,为春分节气。春分三候,"一候玄鸟至,二候雷乃发声,三候始电。"春分日后,燕子便从南方飞来了,下雨时天空便要打雷并发出闪电。天文学上规定,春分为春季开始,也就是说,真正的阳春三月来了。

一大早又跑到学校药植园去看紫色花了。蝴蝶花已经开得遍地都是了,还有很多细细修长的花苞,看来还未到全盛时期。上次来看,是只开了几朵蓝紫色的蝴蝶花,今天开的都是雪白的,花瓣上一抹瑰紫和淡黄。此时的药植园里,桃花、紫叶李已经全谢了,李花谢了一大半,树上只有花蒂和花蕊留存着。算得上是蝴蝶花的主场了。

乌头也开了很多花,花在刚刚生出的有点儿泛白的叶子下面,很不起眼,容易被忽略。蔓长春花又生了几朵了。今天才发现,蔓长春花竟然是没有花蕊的,这点跟长春花相像。浙贝母有的已经有些萎黄了,看来浙贝母的花期也不长。

紫荆花全开了,蝶形花瓣凑近了看能看到内侧细密的纹路,紫荆花枝头也长出了心形的小嫩叶,惹人怜爱。贴梗海棠一半在盛放,一半在含苞,花瓣深红,蜡质光泽,摸上去柔滑,但不如樱花桃花细腻。旱柳也开花了,枝头上像长着小小的青毛虫子。

新生的叶子也是各种好看。无花果的叶子竟然长得很奇特,长方的掌形,碧绿清新地给人的眼以舒畅感。枇杷树的叶子长大了一点儿,还是淡淡泛白,直立向上,青葱可爱。

杜仲还是光秃秃的,还在沉睡之中。

要走出药植园了,俯下身去,在碎石子路畔,邂逅蒲公英的雪白小绒毛球。

再低头细看,繁缕、阿拉伯婆婆纳、中华小苦荬都不见了。白车轴草还开着,仍然摇曳着一片小清新。

鸟啼之声如珠一般滚满叶间。

●○ 3月22日

一进校门便发现海棠花开了几朵。春分花信,是一候海棠,二候梨花,三候木兰。果然便看到校门口的海棠花了。但这海棠花生得甚高,开得又少,还看得

不是很清楚。真是好期待啊，期待海棠花也花满枝丫的时候。

海棠花和梅花、樱花不同，是先长叶再生花。海棠的品种很多，最美貌的是西府海棠和垂丝海棠。西府海棠的美貌，又超出了这些春天里常见的植物美人。她的花瓣是雪白晶莹之中又带一抹胭脂之色，如同倾国美人的容色，美得几乎叫人屏住呼吸。桃杏是家常之美，美得热闹，美得纷繁，尚带着人间烟火的气息，而海棠是美得孤绝，朵朵海棠彼此独立，若是雨中海棠，更仿佛秋波一转，光华满眼，真正意义上的秀色夺人。前年在中南大学新校区恰逢雨中的西府海棠，被惊艳了。

早上经过国教的时候，发现这里的枸骨树也开花了。枸骨花很细小，可是精致，青绿色小花瓣，远看还以为是新生的小叶，近看便能看到桂花大小的花朵，一簇簇挤得密密匝匝。有个头细小的蜜蜂嗡嗡地围绕着小花打转。

红叶石楠居然也开花了，准确地说，是含苞了。小米粒大小的圆圆的雪白花苞，自红叶下伸出来，很是可爱，不注意看根本发现不了。红叶石楠新生的叶子嫣红可爱，远看以为是鲜艳的花。忍不住伸手轻轻摸了摸，新叶上有一层薄薄的水珠，沾湿了手指。红叶石楠的叶面不如冬青卫矛光滑，但是也感觉很清凉舒服。

●○　3月23日

今天经过办公楼下的时候，才发现丹桂的新叶也长得跟老叶一样大了。新叶微微泛红的颜色，颇有点儿像婴儿粉红的肌肤。四季桂还是墨绿老叶，开着金色碎花。杜英树也长了不少红叶了，叶子比之香樟树，较为修长硬挺。金桂的新叶则是淡金色的。

山茶花坠落一地的花瓣，但枝头的花还是很鲜妍，另外还有很多含苞的花，看来花期还没有结束。有一个有意思的现象，中南大学南校区的山茶花以白色为主，而湖南中医药大学这边的以粉色、红色为主。想想也是，中南大学多男生，而中医药大学多女生，因此植物的气质都不一样。一边直男风，一边少女心。好像在哪里看过有种粉色茶花名字就叫作少女茶花，淡粉色本来就少女心满满，再加上茶花重重叠叠却又精致匀称的花瓣就像少女洁净的小心事。

办公楼下有一株较为高大的李树还开着雪白小花。李花的花期似乎比较长。旁边的四五株辛夷花开得正好。我想起昨天下午经过三教的时候那里的二乔玉兰还开着，而我们小区的辛夷和二乔玉兰早就谢了。

今天发现国教楼下的碧桃树竟然是一树的桃花了,前几天不过只开了几朵,深红色重瓣,衬着燕尾似的新叶,瞧着很美丽。但碧桃之美还是赶不上海棠的,碧桃是小家碧玉的美,海棠则是绝代佳人了,美得是叫人屏住呼吸,目不转睛的。

碧桃身边紫叶李的花早已谢尽,紫红色叶子也满了枝丫。紫叶李花朵密集,花开成雪,风吹之时,花落的姿态也很美,其梦幻程度不在樱花之下,为什么樱花比它要出名很多呢?

马尾松也开出松花来了,碧针般的叶子,托着一个个奶黄色的小花棒。松花又叫松黄,是可以吃的,而且味道甘甜,可益气除风。《本草图经》载:"其花上黄粉名松黄,山人及时拂取,作汤点之甚佳。"而同时马尾松树上还有黑色的小松塔,是去年还没掉落的果子吗?

夜晚跟先生在小区里漫步,月如钩,淡洒清光。月下的花更增了几分朦胧绰约。怪不得要月下看美人,神秘感和浪漫感让颜值直升几个档次。花也是。

●○ 3 月 24 日

又下雨了。上午和平平在岳麓山下撑伞散步。山下居民区街道的花也是丰富得很,看到泡桐花、毛桃花、碧桃花、紫堇花、枸骨花、月季花等,在蒙蒙细雨中是那么朦胧而清丽。

这些花里,紫堇花算得上是最为清隽的一种。香樟树下小片的紫堇,开着一串串淡紫色的长管状花,花瓣还没有钢笔笔管长,如同袖珍加长版的喇叭花。看着觉得是沉静而又浪漫的小花,一查,果然紫堇花语很温柔:相思,爱情,沉默不语。

中午我们在一间小书吧里喝桂花红糖小米粥,粥里添加了山药,口感更加柔和醇美。春天里多吃点儿甜食对身体很有好处,入肝养心,而甜食带来的满足感也冲去了雨水带来的凉意,让心中暖意融融。

●○ 3 月 25 日

和先生一起去橘子洲头。橘子洲头的梅花现在已经全谢,紫叶李也已谢尽,桃花、樱花还开着。

　　特别惊喜的是遇到含笑了。含笑尚含苞，只开了两三朵。有一朵全开，象牙黄的花瓣，蒂部一抹紫晕，散发出甜蜜的类似于香蕉的香气。感觉很久没有在长沙遇到含笑了，以前在家乡楼下的小花园，含笑倒是常常见的。最近一次见到含笑，还是前年去南京旅游。可惜学校药植园没有含笑，除了栀子以外，最爱的植物呀。

　　前段时间看明代《遵生八笺》，里面说到各种花馔，其中有暗香汤、迎春花馔、兰花馔。看得我也是唇齿含香。现在百花盛开，其实是正好在花下喝一杯花酿的。可惜现在有点儿忙碌。现代人都是压力太大太忙太没有时间了，而所有的闲情逸致，都需要时间。而闲情逸致，则是生命的审美意义所在。

　　●○　**3 月 26 日**

　　早上去到药植园，药植园寂寂无人，但药植园对面的新月湖畔零零散散地坐着读书的学生，大约是在读英语或者方歌，身畔都是孔雀开屏般的金色黄素馨。

　　药植园又开了很多花了。接骨木也生了碎米似的小花苞，之前在夏天里见过接骨草的花和小红果，接骨木跟接骨草的花长得很像。

　　锦鸡儿枝条上悬挂着很多小辣椒形状的金色小花苞，也开了几朵花。锦鸡儿植株不高，花朵却很鲜艳，大小和黄素馨差不多。花朵形状很是奇特，五枚花

瓣,两片外翻,三片笔直,花瓣明黄,而花心微青,没有见到花蕊。锦鸡儿又叫作金雀花,记得《遵生八笺》中曾记录,金雀花也是可食的,把金雀花朵整个儿摘下来,用滚水焯一遍,可以用作茶汤,或者用糖霜、油、醋拌着吃,可以做菜,很是清爽。

　　紫叶李和李花都已经谢尽,但晚樱开了几朵花。之前学校教学楼下有一株早樱开了,不知道现在谢尽了没有。到了三月底四月初,是晚樱开放的时候了。早樱单瓣,花朵较小,一簇簇如雪在枝,白色微粉,晚樱则是如青果一般大小,重瓣,比较浓郁的淡粉色,似美人酡颜。樱桃花也已经谢尽,花树上面居然看见了青色的小樱桃,只有豌豆大小,也觉得可爱极了。

　　浙贝母已经萎黄了。而它的周边金黄色的蛇莓花开得非常漂亮,星星点点地点缀在草地之上。俯身细看,则是五枚花瓣,花瓣上微有凹陷。蛇莓果是红艳艳的,非常妩媚,但谁知道它的花清纯可爱得如同蒲公英呢。蒲公英的花现在仍然可以看到,但也有一些早开的花结出了种子,种子上蓬松松的,这就是蒲公英的小伞兵呀。

　　和蛇莓花相隔不远还有一种长相非常奇特的活血丹花,跟文心兰有点儿相似,长得像个跳舞的小人儿,但是与金黄色的文心兰不同,活血丹花是淡紫色,花瓣中间有细碎的紫色斑点,很是好看。

惊喜的是遇见牡丹花了。之前我并不知道药植园还种植着牡丹，牡丹生在药植园的深处。今天看到有两朵花盘如同人面大小的牡丹花，浓艳的红色却不觉俗气，只觉明艳照人。浓红花瓣略带褶皱，花蕊金色浓密。牡丹自带气场，我站在它面前轻轻欣赏赞叹，一时间竟忘了触摸花瓣。果然是"任是无情也动人"啊。

走出药植园，在教学楼的树下又看到几十朵婆婆纳，如同星星在眨着眼，真是很喜欢这种湖蓝色的小花。它的身边，锦绣杜鹃开了几朵，紫红色，娇艳欲滴。更多的杜鹃花仍然在含苞。

路上看到好些辛夷花，学校这边的辛夷花开花似乎比较晚一点儿。我所在小区里的辛夷花都谢完了。

下午学生小静送了一盆猫薄荷到办公室来。她说她马上要去外地实习了，之前养的不少花草可惜都死了，只有这盆猫薄荷顽强生存，于是送给老师做纪念。我也送了她一本我自己写的书做纪念。

薄荷类植物我一直特别喜欢，这棵猫薄荷叶子小小的，边缘有细细的锯齿，绿得很清新，像是新生的香樟叶，但摸上去不像新生香樟叶那样光滑而轻薄，而是很有质感。它的枝蔓长长的，像是少女的发丝。

薄荷散发出强烈的清凉香气。它的香气和香樟的香气完全不一样，它的香气是袭人的香，痛快且醒脑。而香樟的香气是柔和的，如细雨一般清润。薄荷与香樟相比，薄荷更像正在进行中的青春，恣意张扬。而香樟像是回忆中的青春，亲切、温和而柔美。

●○ **3 月 27 日**

今天是大晴天。昨天出太阳还有点儿羞羞答答的。

办公楼下一株白海棠，我一直以为是李花。后来走近了看才发现是白海棠和红海棠嫁接的。现在开了的大多是白海棠。美果然是比较出来的。同样是白色的花，紫叶李、李花也都算得美了，但和白海棠一比，相形失色。白海棠白得轻盈，白得莹亮，当得上是"出浴太真冰作影"，自带风情，教人移不开眼睛，"偷来梨蕊三分白，借得梅花一缕魂"。红海棠还在含苞，花苞上一抹玫红，已经叫人心醉神迷了。

办公楼下也有几株晚樱，现在也开满枝丫了，比药植园的开得还多。学校里有樱花大道,樱花大道的樱花也在纷纷绽放了。晚樱花给人的感觉,更多的便是柔美,如同婴儿的肌肤一般的淡粉色,柔弱如不胜风。等全开的时候,找一个黄昏,慢慢走过去,樱花扑面,感觉会是像走在某首唐诗里。晚上把给晚樱拍的照片发上微博,有花友告诉我,这是关山樱。

宿舍楼下的侧柏也开花了,花长得很特别,小小的,淡白色,豌豆大小,胖胖硬硬的像个小球,五个尖尖花瓣,中间的像是花蕊又像是另一枚花瓣。小花球被柔软的鹿角状柏叶托着。这么朴素的小树,花也是朴素的。

中午看到一位花友前日里的微博:"春夜。我们在樱花树下,站了一会儿。"配上花树下两个人的影子的图。忽然迷醉了,觉得好像一首诗。

● ○ **3月28日**

今天是农历二月十二,正是花朝节。

花朝节,俗称"花神节""百花生日"等,一般于农历二月初二、二月十二或二月十五举行。春秋时的《陶朱公书》:"二月十二日为百花生日,无雨百花熟。"花朝节是个芬芳浪漫的节日,其习俗也是清芬袅袅。在这一天,人们会在家中祭拜花神,还会到花神庙去烧香,祈求花神降福,保佑花木繁茂。闺中少女们会剪出五色

彩笺,用红绳把彩笺结在花树上,称为"赏红"。这天少女们还可以结伴去野外一起欣赏百花盛放之景,称为"踏青"。各地还有吃花糕、装狮花、放花神灯等风俗。

如此诗意的节日,竟然失传了,很是可惜。现在民间仍然会有汉服爱好者举办一些花朝节的活动,但是毕竟影响力有限。

既然是花朝节,自然百花盛开。早上在学校转了一圈儿,看到了海棠花、野迎春、山茶花、紫荆花、杜鹃花、晚樱花等等。图书馆、教学楼还有办公楼旁的青枫和红枫也都已经全部开花了,小米粒大小的红色花,吐出娇红色的花蕊,长长的花蕊探出花瓣,悬在枫叶下面,像是小吊灯一般。青枫的嫩绿叶片衬着小红花更是好看。惹人怜爱之极。"苔花如米小,也学牡丹开"。香樟树生了更多的香樟花,青绿色的小花,纤细可爱。

办公楼后面有个紫藤长廊,紫藤花含苞好像有一个月那么长了,但花开得还很少。走近了看,已经有两朵全开了的。紫藤花全开了是蝴蝶兰那种蝶形花冠呀,一片圆圆的大花瓣舒展如蝶翼,淡紫色,泛着珍珠的光芒,其他的小花瓣缩成小小的一团。更多的紫藤花还闭合着,跟含苞时的紫荆花很像,只是紫藤花苞更加扁的,而紫荆花苞则是圆圆长长的。

白海棠已经谢了很多。海棠的季节又要过去了,真是有些恋恋不舍,也理解了为何古人夜晚还要秉烛看花,"只恐夜深花睡去"花太美,而花期太短呀。

走到国教下面,发现青绿色的枸骨花也谢了大半了。枸骨花的花期似乎也只有那么十几天。

碧桃花还开得正好,红花绿叶,跟身畔的山茶花争芳斗艳。碧桃是人工培育的品种,花期是要更长些了。药植园里的桃花是单瓣的毛桃,早已经谢完了。

现在杏花应该也开了吧。学校里似乎是没有杏花的,没有看到过。前几年都是在洋湖湿地公园看的杏花。那么周末,去洋湖看看吧。

●○ **3月29日**

这几天没有走三教那边去办公楼,而是从国教那里来的。因此,就没有发现,原来三教后头,那棵白海棠树旁边,两棵绿色的樱花树开花了!绿色的樱花!

这比我在橘子洲头看到绿萼梅还觉得欢喜和震撼。

这绿樱花是重瓣的花,浅黄绿色,嫩嫩的感觉,比绿萼梅的颜色要深一些,

可是却比绿萼梅显得更为柔和。伸手轻轻触碰花瓣，也觉清凉柔软，十分舒服。蓝天下的绿樱花，美得有点儿不真实。查找资料，得知绿樱花是樱花界的"熊猫"级品种，学名叫作郁金。

这青碧色的郁金樱比淡粉色的关山樱显得更为好看，别有一种清雅脱俗、不食人间烟火的意味，可又不是冷艳的。绿萼梅是冷艳的，而这郁金樱花则是温柔得叫人怜爱的。

我在樱花树下徘徊又徘徊，心里充满了说不清道不明的幸福感。只要一见到草木，尤其是花，特别是美貌的花，我就情不自禁地想要微笑。

●○ 3月30日

昨天又下了几场阵雨。今天天晴了。整个三月，长沙的天气就是这样忽晴忽雨，气温也是忽高忽低。昨天还觉得冷，今天又感到热了。

小区里几株"普贤象"白樱花开了，重瓣的，圆圆的，是一个个粉粉团团、晶莹剔透的小花球。红缨是粉嫩，绿樱是清雅，白樱则有一种不谙世事的天真，如同十五六岁的少女。所有的樱花，包括红缨、白樱和绿樱，都是花蕊中心一点儿红晕，平添了几分柔美娇媚之感。

　　樱花树不远处是碧桃树，深红花瓣，颜色浓得化不开。樱花淡雅，碧桃明艳，对比很是鲜明。在另一栋楼的楼下看到了一株开三种颜色花的碧桃，雪白的，深红的，淡粉的，奇异的蛊惑的美。后来拍了花的照片放上微博，有花友告诉我，这是洒金碧桃。洒金碧桃就是这样，花开之时，花朵的颜色会由雪白渐渐转为嫣红，晕粉正是它的渐变色。我知道杏花开花会由红变白，却不知道洒金碧桃开花时可以由白变红，大自然真是奇妙的调色师。

　　从第一教学楼前面经过，看到蜡梅树上已经生满了碧绿的叶子，而绿叶还掩映着纺锤形的灰褐色蜡梅果。这是已经完全成熟的果实了，未成熟的蜡梅果是青绿色的。梅花的果实是酸甜的梅子，而蜡梅的果实却是有毒的。蜡梅果俗称土巴豆，是一种泻药，作为中药可以以毒攻毒。

　　中午和同事超超从南大门那里走，又发现办公楼后面的紫藤长廊忽然亮眼起来，前日看还是紫色淡雾，今天就是紫色浓云了。紫藤仿佛是一夜之间全开了，今天看到朋友圈里师妹说南校区紫藤长廊的紫藤花也全开了。周末要去看下，留下最美好的青春记忆的地方啊。紫藤长廊就在南校区图书馆旁边，大学时最喜欢在紫藤长廊里看书，紫藤花瓣轻轻坠落在书页之上，一瞬间只觉得这人

生轻盈梦幻得就像一个吻。

整理了一下自己拍摄到的三月里开花的植物，仅药植园就有几十种。而四月里、五月里还有大量的花在蓄势待发呢。

●○ 3月31日

下午回了中南大学南校区，从升华公寓那里进去，在公寓外的栅栏那里，见到了刚生出不久的构树的毛茸茸掌状小叶子。

进门后走了不久，看到了几株很高大的泡桐树，开着浅白淡紫的花，一些花瓣已经散落在地上。路过一排低矮的苏铁，细细一看，苏铁细长碧绿的针状叶子里，掩着几十个圆圆的小"红蛋"，这是它的果实吗？记得苏铁又叫作孔雀抱蛋来着，就是因为它的果实很像孔雀蛋。

南校三食堂前面的红花檵木，已经长成圆圆的一棵大树。研一时经常在那里拍照。现在红花檵木正是好时候，开得红艳艳的。又站在红花檵木前拍了个照。浮云一别后，流水十年间。红花檵木旁，有一棵生出翠亮新叶的桂花树，有一棵花满枝丫的晚樱花，似乎都是后来种的。晚樱花开得极美。现在校园里、小区里、街中心的行道树里种的晚樱花越来越多了，给这个城市也增添了柔美的气息。

心心念念地想着南校区的紫藤长廊，走到荷花池那边，果然紫藤花全开了，累累地垂着，紫色淡云轻轻笼着长廊。红亭紫廊，倒映在碧青的池水之中，看上去很是浪漫。走近了看，一朵朵紫藤花已经舒展开来，单看一朵小花，也是如淡紫色的蝶翼一般。

大学时代，紫藤花开的时候，是特别喜欢坐在花下看书的。因为紫藤长廊旁边就是南校区图书馆。从图书馆借书出来，就坐在长廊里看书。有淡紫色花瓣轻坠书上，悄软无声。拾起花瓣，只觉得仿佛身在梦中，不能相信居然可以真实地身处如此绝美梦幻的景致之中，人生怎会如此美好。

而如今，我缓缓地行在紫藤长廊里，紫藤花瓣悄悄落在我身上，轻盈梦幻亦如当年。

紫藤长廊下，发现了红花酢浆草和早开堇菜。早开堇菜在岳麓山下见过，但红花酢浆草今年却是第一次见，开得真是精致，紫红色花瓣上有细细长长的纹路，跟婆婆纳似的。而它是要比婆婆纳大上几圈儿，比婆婆纳高，比婆婆纳更美。一丛丛红花酢浆草在水上风中轻轻摇曳，文艺气息十足。

黄花酢浆草也开了，花形和红花酢浆草很相似，但大大不如红花酢浆草美貌，花也小得多了。

从长廊里出来，走台阶上林荫道，台阶旁的黄素馨有的仍是金灿灿的，有的已经开过了，枯萎成憔悴的淡白色。

上了台阶后，看到了满地翩然如蝶的白色蝴蝶花。从碎石小径中转出来，看到了绿叶掩映中密密匝匝的雪白石楠花。高大的石楠树，开的花却是如同点地梅一般细小秀气。五枚小花瓣，花蕊嫩黄浓密，很是美貌。石楠花是蔷薇科的植物，蔷薇科也是盛产美人的科属，如月季玫瑰、樱花海棠。

木绣球现在已经团团似明月了，一朵一朵纽扣大小的洁白小花，密密地挤在一起，缀成一个圆圆的花球，真是如同新雪堆辉。摸摸木绣球的花瓣，觉得很有质感，不像桃杏的细腻柔软。记得三月初来听讲座的时候，路过木绣球树，看到树上已经挂着青青的花球了。那时候并不显眼。花开之时却是令人移不开脚步了。

中南大学校园里的一草一木，都叫人如此怀念且留恋。每次归来，都仿佛从未离开。

四时花事
SISHIHUASHI

SIYUE

四月

江南自然笔记

没有梦想何必远方
注入我灿烂的日子
渗进你甜甜的憧憬

清明：一起踏青去
谷雨：花满枝丫

●○ **4月2日**

早上走路来上班,发现路边杜鹃花渐渐地越开越多了。深紫红色的、淡紫红色的、洁白如雪的,都有,一朵一朵,忽然就到处都是了。但更多的杜鹃花还在含苞,尚未到最盛之时。

杜鹃的美貌和艳丽,是在山茶花之上的。山茶花是书卷气袅袅的大家闺秀,恬静耐看,而杜鹃花是充满乡野灵气的田园女子,艳光逼人,几乎不可凝视。只是这些年,杜鹃花栽种甚多,都不觉得有多稀奇了。但它的美貌,还是令人忍不住要驻足的,果然不愧是"花中西施"。

一直觉得杜鹃花跟萱草花的花形很像,都是漏斗形,可是杜鹃花的明艳照人却是萱草花赶不上的。萱草花和山茶花的气质类似,宁静淡远,不屑争抢。而杜鹃花的花瓣花蕊上分明是写明了要争芳斗艳、占领春光的,这可爱的小野心!

紫荆花谢了很多。枝上有的花只有花蕊留存,有的花虽然还在枝头,但是已

经憔悴不堪,再也不是初绽放时那一抹明艳的浓紫了。这让我想起紫叶李谢的时候,树下花瓣如雪,满树徒留紫叶和花蕊。虽是不舍,但是每种花总有告别我们的时候。你方唱罢我登场,春天这个舞台,对花来说,总不会寂寞的。

中午来上班时,想起办公楼后面的紫藤长廊,忍不住就转过去看,结果惊艳得在那里发了半天呆。中南大学的紫藤长廊称得上很美了,中医药大学的紫藤长廊的美貌程度也不在其下,甚至更有过之。大概是因为这里的长廊修得比较小巧一点儿,紫藤离人很近,长得也更加浓密吧,能看得清蝶形花瓣上边缘的瑰紫与内面的淡白,还有花心里一抹鹅黄。地上都是飘坠的紫藤花瓣。痴站在紫藤长廊里,风一吹来,花瓣飘在发间衣上。那淡紫色的花瓣,每落一枚,美得都叫人心里忍不住轻轻地疼痛。闻到清甜的有点像栀子花的香气,只是没有栀子花那么馥郁甜美,但也清雅好闻。

中午本来想早点儿去药植园的,但阳光太烈,走在路上已经微微沁汗,就没有去。准备明天早上早点去看看。金樱子现在应该开了吧。

今天只穿了一件长袖长裙,却已经感觉很热,应该有30度了。还未到暮春,已有初夏的感觉了。天气预报说这几天会升温,然而过几天又会降温降雨。

林荫道上的香樟树宛若笼了一层淡绿色的轻雾,走近一看,是整棵树都开满了香樟花。太高了看不清楚,举着相机拉近镜头一看,仿佛绝大多数都还是花苞。

办公楼下,一地紫黑色的小果子,仿佛是樟果,但比樟果要大,细看原来是桂子。桂花树上袖珍芒果一样的桂子现在已经转成了紫黑色,有的已经落到了地上。

● ○　**4月3日**

早上去药植园,路上见到石楠和海桐圆圆的花苞儿。

药植园入口处,紫藤门廊那里的紫藤花也开得如梦似幻,一地的淡紫色花瓣。穿过紫藤门廊,走到木栅栏内,发现白牡丹也开花了!这白牡丹似乎比药植园深处的红牡丹略小,具体什么品种并不知道,花瓣洁白无瑕,花蕊金黄浓密,气质端庄大方。

千里光不知道什么时候开过了,也生出毛茸茸的小绒球来,这是它的种子。和蒲公英真像。

榆树生出来一点点小芽,山楂和杜仲也是。银杏的小扇子绿莹莹的,十分可爱。银杏不知是否也开花了。银杏是裸子植物,它的繁殖器官里不包括真正意义上的花。在大好春光里,它也在默默"开花",只是开得非常低调。

芒齿小檗开出了一串串铃铛般的小黄花,黄豆大小的小蜜蜂在花上起起落落。芒齿小檗上个月底就开花了,现在是全盛期快过了,有的花瓣已经萎落了。昨日看到紫藤花上的蜜蜂,有花生米大小,蜂花也是物以类聚。自然界的交友法则真是有趣。

金樱子开出了圆圆的煎鸡蛋一般的花,花多而且密,五枚花瓣平展开来,花蕊金黄。不甚精致,但是娇憨可爱。如同圆脸的农家姑娘,质朴喜人。金樱子在秋天里会结出甜美的果子,俗名称作糖罐子。这果子还可以用来酿酒。

晚樱花的花瓣一片片飘坠到衣上。稍远一点儿看只觉重瓣的花朵像个小绒球一般,凑近了看却觉得每瓣花都柔美纤细。晚樱花是少有的即使是重瓣也觉得极轻盈的花。

下午四点左右,忽然天色变得暗沉起来,十几分钟之后便开始打雷,然后暴风骤雨。一时间天地昏暗,窗外什么也看不清楚。到了四点四十五左右,忽然又出了太阳,阳光亮晶晶地普照大地,然而雨并没有停。太阳雨。看朋友圈里说长沙有的地方还下起了冰雹。明明早上还是 32 度来着。一天之间,经历夏冬。

看微博上说又要把厚毛衣和秋裤找出来穿了, 因为天气预报说后天是 9 度。这跌宕起伏的天气。

●○ 4 月 4 日

昨天傍晚一阵急雨,把樱花花瓣打掉了很多。早上出来,一地的莹洁花瓣。樱花季因这次急雨,就正式过去了。但春雨也浇开了这校园里海桐和石楠的花,海桐与石楠的花都是头状花序,细小洁白的花密密挤在一起,当得起"香甜静"三个字。但海桐的花柔软芬芳如淑女,而石楠的花却显得生动剔透像小精灵。

树下的小草地里看到了紫色的韩信草,花瓣上沾满了露水。

到了学校对面的小区,闻到一阵柑橘似的甜香,循香而去,发现是两棵种在楼下的柚子树,在墨绿的叶子中隐藏着它白色的小花苞。

别看柚子那么大,花却细小,很容易被人忽略。站在柚子树下,深闻那甘甜微酸的柚子花香。因为快要上班了,也没时间细看了。忽然想起,药植园也有柚子树,现在也开花了吧。前些天看到新闻说橘子洲上的橘子也开花了,又想去橘子洲了。

清 明
QINGMING
一起踏青去
清明前后一场雨,强如秀才中了举。
YIQITAQINGQU

●○　4月5日

今天是清明节气,也是清明节。此时万物皆显,草木吐绿,一切皆是清洁明净。清明三候:一候桐始华;二候田鼠化为鹌;三候虹始见。

清明节是祭祖和扫墓的日子。古代清明节的习俗除了讲究禁火、扫墓,还有踏青、插柳、荡秋千、蹴鞠、打马球等一系列风俗体育活动。此外,由于寒食节与清明节合二为一的关系,一些地方还保留着清明节吃冷食的习惯。

中午妈妈又煎了艾草粑粑。艾草粑粑又叫作青团、清明饼、清明粑、艾叶粑粑、艾糍等等。清明节吃清明饼,可谓正应时令了,而且又养生。

每年的清明节,似乎总是下雨。今天早上起来,觉得冷得很。看窗外是个清润的阴天,有一点儿要下雨的感觉,可是没有雨,走在路上,觉得风大得很。本来要去长沙一个公园看牡丹花,冷就不去了。

石楠花是全开了。两天之内,闭合的花苞全部绽放。海桐花还在一朵两朵地徐徐开放着。

今天气温有所回升,下午阳光也露脸了。正是踏青的好时候,于是,便和先生去附近的洋湖湿地公园看花。

一进去就惊艳了,大片大片的花田遍种芝樱,满地紫红色。蹲下身细细一看,那小朵的紫色花很是精致,修长的五枚花瓣。走过淡紫色的芝樱花田,跨过一条小巧的木桥,便到了浓紫色的马鞭草田!目眩神驰,无法用言语来形容其梦幻了。

我之前只在植物园见到小片的马鞭草田,对于这大片大片的梦幻真是半点儿抵抗力也没有,就心甘情愿地沦陷了。一位穿着白色古风衣服、戴着草帽的姑娘站在紫色花田里拍照,灵秀轻盈,如同花之精灵。还有一家三口在马鞭草花田中间的小路上奔跑着放风筝,欢乐的气氛很感染人。

转过一个弯儿,又看见了美丽月见草!啊,这里还有美丽月见草的花田。美丽月见草宛若放大版的阿拉伯婆婆纳,花瓣上有细细的刻镂脉纹,但精致犹有过之,而且美丽月见草是淡粉红色的,让少女心真是怦怦地跳个不停。而它的花瓣也极是柔软,触摸的感觉和桃花李花的花瓣一般细滑幼嫩。

美丽月见草对我来说,之前一直是诗里的花,沐浴着月光的冰蓝色,带着异

域的风情,而如今真实地摇曳在眼前,比想象中的要更为美丽。如果,你比想象更美好,是多么让人觉得幸福的一件事情。

白车轴草在这里也是成片的,只是成小片的,摇曳在水边,有几分小清新的感觉。小清新的白车轴草旁边,绽放着宛转妖媚的紫色、红色、蓝色的美女樱。

●○ 4月7日

今天气温很高,仿佛瞬间又回到了三十多度,又有了初夏的感觉。上午去药植园,感觉十分惊讶。只有几天没去,药植园的变化很大,牡丹花全部都谢了,锦鸡儿也谢了,芒齿小檗也凋落了很多。

金樱子开得越发旺盛了,一人多高的金樱子树满树都是金蕊白瓣的花,从低到高都是花。站在树前,便是站在了一面花墙前。蜜蜂很喜欢金樱子的花,在金灿灿的花蕊中欢快采蜜,前爪沾满了花蜜,都变成了金黄色。正在凝神间,金樱子花上飞过了一只巴掌大的黑凤蝶,飞得很快,倏忽就不见了。记得大学时代,坐在紫藤长廊里,小麻雀们都敢到足边啄食面包屑。而如今药植园的鸟儿蝶儿,人一走近就飞远了。倒是蜜蜂不怕,大大方方任我拍照。

厚朴什么时候开过花?今天看到厚朴枝上,花都谢得差不多了,只有一朵花的花瓣还比较完整,长得跟玉兰花很像,白色丰厚的花瓣,但根蒂部是粉红色的。厚朴在我的印象中,是一株没有年轻过的树,宽容仁厚如同长者,却不知原来厚朴也有一颗少女心。厚朴长得很高,大约花香也不如玉兰浓郁,因此,开花的时候竟然没有注意到。最近光低头去找小草花去了,也要多仰头看看花木了。

转过厚朴,发现厚朴后面的杜仲不知道什么时候已经长得郁郁葱葱了。感觉前些天还是光秃秃的枝干,一度好奇它什么时候长叶来着。清明节前后,这绿色绿得真是清新洁净、涤荡人心,如同十五六岁朝气蓬勃的少年男女。

杜仲旁不远处,是之前和它一样光秃秃的野山楂,现在不但长了叶子,连花也一块儿绽放了。雪白的小朵花绽了圆圆的一个小口,石榴籽似的花蕊,很是可爱。野山楂是花叶同生,只是没想到会长得这么迅速,跟变魔术似的。柚子树结出一串串的洁白花苞了,如桂圆大小,漂亮得很。伸手摸摸,花瓣肉质,又硬邦邦的,还以为是小柚子呢。

无花果的掌叶也大如手掌了,只是叶子的颜色还是很好看,表面绒绒的,跟绿丝绒一样,并不像石楠或者卫矛那样光滑,摸起来感到很舒适。艾草叶子碧青碧青,比无花果的叶子还要好看,香气浓郁。石楠树现在开得真是太漂亮了,密密匝匝的雪白花朵,只有豆子大小,花瓣圆圆透明,绽放得如同珍珠梅一般,每朵花里探出纤细浓密的花蕊,这让它远远看去如同蒙了一层淡淡的烟雾一般,更增美丽。石楠如此美貌,气味却是不好闻的,一言难尽。

海桐的花也绽放不少了,袖珍的单瓣栀子花既视感,花瓣雪白质感,只是海桐是五枚花瓣,栀子花是六出。但"香甜静"的感觉是一致的。香樟树的花含苞了好久,终于见到有一朵小米似的花苞绽开了,青绿色的六瓣小花,细小可爱,花蕊更是比头发丝儿还细。如果这些密密的小花苞都绽放,会有多香呢。

樱花差不多全谢尽了,浙贝母也谢尽了。蛇莓花也不见了。紫藤花也过了全盛期。花少了,花瓣也不像之前那样鲜妍明亮了。

●○ 4 月 8 日

广玉兰的树上生出了小小的花苞,广玉兰的花期也近了。树上还有好些黄色叶片,这时候也是广玉兰叶子新老交换的时候了。

香樟树下的植物小美人儿萼距花也开花了,还只开了两朵,豆子大小的紫

红色花掩映在同样小巧的绿叶之中。萼距花又有紫色满天星之称,颜色却是娇艳妩媚,不像其他小花如荠菜花、点地梅那样一脸天真样。

药植园的美女樱也开了,比萼距花稍大,生得却比它更美。萼距花和美女樱都是可以一直开到深秋的花,看似柔弱,但美且强韧,不仅醉春风,还能笑秋风。

杜鹃花现在已经开得花团锦簇,走近了都觉得仿佛衣裳都要被花的浓艳给染红。

南天竹和火棘都结花苞了,花苞小小,比香樟树的花苞还小。像等待石楠和海桐的花苞绽开一般又等待着南天竹和火棘的花苞绽开,这种等待真是让人满怀着甜蜜的憧憬呀。

●○ 4 月 9 日

中午去药植园看看,发现蛇莓果旁边极其细小,比荠菜花还小的附地菜的花,几乎想找个放大镜来看了。但是小花却很美丽,长得很像美女樱,但花色是洁白如玉的。

蛇莓果不远处是唇形科的紫背金盘,成捧成捧地生长着,形成了一小片花丛。单朵小花花形奇特,长得很像活血丹的花,跳舞的小人一样,颜色也是淡紫色,只是仿佛比活血丹花的颜色更淡,也不像活血丹花那样有细小斑点。几只蝴蝶在花丛里起起落落,蜜蜂也是嗡嗡地飞着,感觉比春天桃李花开还要热闹。但中午有点儿喧嚣,闻不到香气。查询资料说紫背金盘是花期12月至翌年3 月,但我所看到的紫背金盘却是4 月初开花的,花开得茂盛又浓密。

中午看一本关于蝴蝶的博物书,才知道,原来每种蝴蝶都有自己钟爱的植物,每种植物也吸引特定的蝴蝶。但现在世界上很多种植物都已灭绝,导致相应的蝴蝶种类也随之灭绝了,有些美丽的精灵,只能在书上见到其影像了。

●○ 4 月 10 日

山茶花的新生叶子真漂亮,有点儿水红色,表面光滑,手指摸上去,只觉得清凉舒服,比花瓣儿还要幼嫩。山茶花的花期也已经快要过去了,树上憔悴残红,但叶子却鲜亮清新,仍然散发着青春的气息。

　　早上梳头的时候,感觉头发清凉润泽,有了丝缎的质感。我记得秋冬季节的时候,头发是略为干枯的,仿佛落叶一般,摸上去仿佛一把枯草,而到了春天,头发也和新叶一般,开始泛着青春的光彩了。人体内也有一个小宇宙,它与我们身处的这个大宇宙是息息相通的。所谓天人合一,中国古人的智慧,诚不我欺。

　　中午经过宿舍楼和食堂,发现楼下草地又开了不少蛇莓花,还有一颗颗鲜红的草莓状的浆果。我还以为蛇莓的花季过去了,原来还没有,它是花果齐发的植物。附地菜、萼距花、通泉草等小草花也欢快地开着。树下自有它们的自在世界。

　　月季花现在开了很多,深红色,粉红色,娇艳欲滴。月季花是在校园里常开不衰的花了。在一月份的冰天雪地里,除了茶梅和蜡梅,就只有月季还闪烁一二了。

　　●○　4月12日

　　上午十点钟又簌簌下起雨来,中午雨停了,于是去药植园里看。

　　人间四月天,雨洗过后的空气十分清新,糅杂着泥土的湿润气息与草木的浓郁香气。

转过木栅栏,忽然又闻到类似柑橘的甘甜微酸的气味,寻香而去,果然是一棵柚子树,已经开花了,地上都是被雨打落下来的花瓣。

　　柚子花长得很奇特,花瓣不是像一般花那样呈碗状或者盘状,而是向后倒卷着,露出金灿灿的一束花蕊。花朵的大小跟鸽子蛋差不多。雪白清香的花,都是很容易获得好感的,何况在雨中,柚子花瓣上湿漉漉的,更增灵秀。

　　之前听说橘子洲头的橘子花也开了,还没去看过。橘子、柚子、柠檬的花怎么区分呢,微博上有位花友曾经说过:"柚子的叶子最肥大,橘子花小一圈儿,柠檬的花骨朵儿带点淡紫色。"药植园里还有一棵酸橙树,但是还没开花。

　　山楂花已经进入盛花期,五枚花瓣舒展开来,几乎成同一平面,而不是矜持弯曲的碗状。水红色的花蕊,衬着洁白花瓣,显得清纯可爱,楚楚动人,像是戴着小红帽穿白裙子的灵气少女。怪不得有部纯爱电影就取名为《山楂树之恋》,山楂树给人的感觉真是太纯了,乡野少女既视感。

　　山楂花旁边是金银花,金银花只开了两朵,其他都在含苞。过两天再来就都开了吧。金银花又叫忍冬,它的花很是奇特,花瓣细长如丝,刚开时是银色,尔后又渐渐转为金黄色。

　　珊瑚樱也开花了,它的花和辣椒花的花很相似,是素色的五角星。只是珊瑚

樱的花很是害羞,每一朵花都是低垂着头,跟浙贝母似的,羞颜尚不开。"低头向暗壁,千唤不一回。"

白及开花了。白及的名字很中药,开的深紫色花却淡然出尘。花瓣细长,有兰花清雅之姿。不过白及本来就是兰科植物,清雅得理所当然。

六月雪也开花了,微雪一般的花,星星点点洒在枝头,花倒很精致。记得去年暑假直到十月里还看到了六月雪。六月雪虽然号称六月,但花期还真是长。

深紫色的鸢尾花也开啦,有几朵就开在蝴蝶花中间。前几天我来过药植园,在檫木树下看见了深紫色的花苞,还在想,这是哪种花就要开了,原来是鸢尾花哦。鸢尾花是蝴蝶花的亲戚,二者同属鸢尾科,长得也是很像的,只是鸢尾花比蝴蝶花大上了几倍,通体深紫色,浓郁梦幻,不像蝴蝶花是雪白或者淡紫,只花瓣上有深紫或明黄的斑点。

锦绣杜鹃几乎都开成一片花墙了。校园里的锦绣杜鹃大多作为花坛植物,修剪得齐齐整整。不知道它恣意开放的时候,会是什么样子。

药植园里美人蕉刚刚从泥土里探出头来,才几寸高,但绿莹莹的,精神劲头十足。等到夏天里,它几乎可以长到一人多高,绽出艳丽的花朵来。

每次一到药植园,时间总是过得特别快。我十二点多过来的,眨眼就到了两点钟,要上班了,于是匆匆离去,带着一身花香。

●○ 4月13日

昨晚又下雨了。

早上出来,看到香樟树下被雨打下来的青绿色小花瓣,比桂花还小,细碎轻柔的样子。自然又是一路芬芳。中午雨停了,到了下午又下雨了。不知道又打下了多少香樟花。

小区楼下的两棵柚子树下都是雪白的柚子花瓣,香气馥郁,更胜过药植园的柚子树,毕竟要大得多了呢。

少年时看安妮宝贝的书,觉得很喜欢这段话,还记在了日记里:"花树下酣睡一觉,以为度过了一生。醒来后拍拍衣袍,起身即走。停在何处,去往哪里,又有什么分别。当所有花瓣脱落完尽,过去现在未来也是浑然一体的。你原本就充满自由。"花落之后,才会真正明白青春,成熟之后,才会更加理解人生。

柚子树下的八角金盘都有脸盆大小了,油亮亮的。还记得它刚萌芽时,像个细脚伶仃的小沙蟹,谁知道长这么快呢。

●○ 4月14日

早上起来,只觉得冷,气温又降到十度以下了吧。看朋友圈里说又要把收好的秋衣秋裤找出来,还有的说,同一天内看到有穿单衣和棉袄的,很是好笑。现在这天气跟坐过山车似的,确实不好穿衣。

经过小区里的小池塘,发现香蒲已经长到一米多了。春天的植物真是蹭蹭往上长着,二月初的时候尖尖角才露出水面呢。

先生买了桑葚和草莓回来了。一直喜欢吃草莓,但其实桑葚的味美是在草莓之上的。小葡萄籽一般的桑葚果,密密挤在一起,每吃一串儿,都有说不出的享受,和葡萄的滋味有谜之相似。之所以爱草莓,主要还是爱草莓那种如同青春一般的气息吧。

上午看书写作,中午气温升高了一点儿,体感凉快,但不觉得冷了,于是下午去了桃子湖和湘江边。现在已经是暮春了,得珍惜春光去踏春。

湘江边有好些人在放风筝,彩色风筝平平贴在清灰色的天空上。也有些人在钓鱼,安安静静坐着。在湘江边看到了蛇床花。蛇床的花很有意思,如荠菜花大小的细小白花,但是花成一平面整齐排列着,如同棋盘。草地上生着不少紫红色的紫云英,紫云英可以说是美而不艳,质朴的乡野气息。有一片草地种满了五颜六色的美女樱,过节一般开得喜气洋洋。藓也开花了,花如同紫红色的小球。

绕着桃子湖走了一圈儿。这里也有一群人在钓鱼,刚好还钓上来一条金红色的大鲤鱼,一群人都在欢呼。先生也过去看钓鱼了,我就独自去看花。

水边见到了黄菖蒲。果然是鸢尾科的花,跟鸢尾长得很像,但气质上却不一样黄菖蒲亭亭立于水边,临水照影,袅袅有仙气。

居然还看到睡莲了。两朵雪白的睡莲,睡在湖面上,花蕊金灿灿的。白睡莲和金樱子虽然都是白瓣金蕊,但还是挺不一样的,白睡莲像是横切开的水煮蛋,而金樱子则像是平平铺开的煎鸡蛋。

这里的海桐花大多都开过了,树上虽然还开着一簇簇的小白花,但白花中不少已转为淡黄色,说明海桐花的花期也要过去了。石楠花是早几天就萎落了。

桃子湖这里香樟树本来就多，又靠近湖南大学的香樟路林荫道，香樟花现在都开了，一路馥郁香气。看到垂下来的香樟花，已经没有再含苞的了，朵朵花儿都绽开了，有的已经开过了枯萎了，缩成小小的一团。香樟花很精致，虽然细小，但俨然有大家闺秀之风。

女贞花也都开了，花和石楠花差不多大，也是白色的，但是是四枚花瓣，花瓣不是浑圆，而是稍微细长一点儿，微微翘起，如少女弯起的唇角。密密的小花挤在一起，一簇簇的，不留空隙，如雪满枝头。女贞花很香，如某种好茶一般的香气，比海桐花的淡香可要浓郁太多了。石楠花的美貌虽然和女贞花不相上下，香气可就逊色多了，何况石楠花确切地说不叫香气，是类似于精液的腥气，有人戏称它为"生命的气息"。

火棘花也开了。火棘花也是雪白清香，形状和石楠花很像，五枚圆圆的小花瓣，细长花蕊，只是花蕊不如石楠花多，花瓣也不如石楠花晶莹剔透，但很有自己的个性。这暮春的雪白花真多，但美得并不一样。

这边女贞和火棘开花比学校药植园的要早。前日去药植园，药植园的这两种植物还含着苞，浓密的小花苞也如点点微雪。

紫叶李也结了紫红色的小果子了，地上也散落着小果子。

●○　4月15日

到了暮春时节,总会有些伤春悲秋了。早春只觉得热闹,觉得高兴。暮春时节,花谢了一地,再下一场凉雨,寒意侵人,便会觉得惆怅莫名。

但这种湿润的、清凉的、弥漫着淡淡芬芳的惆怅的感觉,其实是分外美好的。怀揣着这样的伤感睡去,梦里雨潺潺,会觉得自己瞬间回到了青春年少的时代。那时留恋一切美妙的事物,舍不得半点分离,以为所有的幸福都会为自己驻足。如今长大之后,伤春情绪少了很多,也很少怀念过去。因为人生的夏天,也是火热的,太多的事儿要做,太多的心要操了。

等到中年以后,有了充足的时间和丰富的经历,再来悲秋吧。

●○　4月16日

天气预报上说今天气温会回升,果然早上起来并不觉得冷了,体感还是凉快。是个阴天,没有大太阳。

路边的蝴蝶花开得不多了。杜鹃花也少了。石楠花看不到了,海桐花有的已经变黄了,有的还在含苞。冬青卫矛也结花苞了。

石榴花也结了花苞,花苞硬硬的,跟石榴果似的。看到石榴花,就感觉到初夏的气息了。夏天的脚步渐渐近了。

枫树上的玲珑小花差不多也凋零了,长出小翅膀一样的果子,那就是翅果了。翅果很薄,透过阳光看几乎透明。伸手摸了摸,翅果是角质的,虽薄但硬。

小区里的毛桃树结了几个指头大小的毛茸茸小桃子,紫叶李则已经结了不少紫红色的小李子了。杨梅树上悬着青碧色的杨梅果。想想药植园里的青青小樱桃,现在大约也快泛红了吧。樱桃是初夏第一果。

●○　4月17日

晚上跟先生一起在小区里散步。记得三月份散步的时候,小区里尽是花香,玉兰、辛夷、毛桃、碧桃、晚樱、紫荆、山茶等花开得令人心醉。尤其是晚樱,月光淡淡地照在晚樱柔美的花瓣上,让人忍不住伸手触碰。夜色中的花影在风中簌籁,也仿佛一首古诗或者古词。

而如今,到了四月中旬,已经是暮春了,花已谢尽,四望青青,陡然冷清起来。早春之时,曾是那样热闹呢。热闹后的沉寂,最难将息。

好在空气中还有淡淡的柚子花香遥遥地传了过来,似有似无,甜美而惆怅。

● ○　4 月 18 日

今天是农历三月初三。在我们老家,三月三这天都是要吃地菜子煮鸡蛋的。地菜子就是荠菜,荠菜又有菜中甘草之称,滋味甘美。今天妈妈也煮了地菜子煮鸡蛋。

三月三,是古代的"上巳节",其实也是古代的情人节,很浪漫的节日。此时天和日丽,百花盛开,鸟兽发情,求偶而鸣,而人也青春萌动,激情勃发。《诗经·国风·郑风》有:"溱与洧,方涣涣兮。士与女,方秉蕳兮。女曰观乎?士曰既且,且往观乎!洧之外,洵訏且乐。维士与女,伊其相谑,赠之以芍药。"在春秋时期,三月三就已经是自由恋爱的节日了。青年男女相约去河边嬉戏,并相互赠予芍药——芍药其实是古典的爱情之花。多旖旎的节日,花香草气,水流潺潺,嬉戏玩耍之中,恋情悄然而生。

近年来有人把七夕当作古代情人节,但其实古代七夕是乞巧节,也是女儿节,更多的是属于女孩儿的节日。冰心曾经在《寄小读者》说过:"七月七,是女儿节,只这名字已有无限的温柔!凉夜风静,秋星灿烂,庭中陈设着小几瓜果,遍延女伴,轻悄谈笑,仰看双星缓缓渡桥。"

● ○　4 月 19 日

这周自周一开始,就是大晴天,到了今天还是阳光灿烂的,校园里很多女孩子都穿起了长袖的长裙子,初夏的脚步又接近了。

早上又去了药植园,月季和蔷薇现在进入盛花期,满地锦缎一般,光华耀眼。深红色的月季花,有着玫瑰的高贵,却又不像玫瑰那般冷艳。而蔷薇花,啊,品种好像是七姐妹,美得实在不成话。

前段时间去看,已经觉得蔷薇花够美了,淡粉色的花瓣,金黄花蕊,而当时

开的花并不甚多,更多的还在含苞。今天去看,全部都开了,这蔷薇花还会变色的。初开的小蔷薇是淡紫色,颜色渐渐转为水粉,然后再转为雪白,因此,同一植株上,会有几种不同颜色的花。

而这些花,和泡桐花有点儿类似,就是丰盈而不热闹,枝头的花都开满了,但每朵花都端正地露了个脸,并没有谁把谁挤到后面去的,整体看花团锦簇,单个看秀美绝伦。植物中的大美人啊。

看了好一会儿,就沿着紫藤门廊进去,结果一走近紫藤长廊便闻到浓郁的清香味。紫藤不是早谢了吗?而且这花香跟紫藤的也大不相同。仰头一看,原来是金银花。金银花攀缘着整个沿湖长廊,连紫藤门廊上也爬得满满的,也进入盛花期了。初生的金银花花瓣细长洁白,而过了几日花瓣会由白变黄,因此,现在看藤上,有洁白的,有金黄的。

苦楝也开花了,紫色的丁点大的花开满了枝头,跟丁香似的。苦楝树长得那么高,却开出这么秀气的小花呢,真是可爱。

玉竹也开花了,开的花好像修长的铃铛,整整齐齐地挂在枝叶上。玉竹植株不高,花又是和叶子差不多的玉色,差点儿就忽略了。蹲下身去,看到有小蜜蜂钻进修长的花里采蜜,蜜蜂的头和身体都钻了进去,只留下尾部在花外,像是钻进一个睡袋一般。

牡丹花早已谢了,不过在牡丹身边不远处,又开出了一朵深红色的和牡丹长得很相像的花,也是草本植物,这便是芍药了。

山楂花快谢了，石榴籽一般水红的花蕊渐渐转为深红色。它旁边的火棘进入盛花期,火棘上也缠绕着金银花。

前阵子开得水润光亮的杜鹃花也有点儿萎靡了,无精打采的,它的花期也快过去了。盛花期的时候,是怎样朝气蓬勃的美丽呀。杜鹃花大概是最热闹的春季植物了,喷薄而出的激情与热烈。

柚子花还没谢。又看到橘子花了,橘子花的确长得跟柚子花很像,白瓣金蕊,花瓣外卷,但要小上好几号。药植园里其实还有酸橙,但不知道为什么,橙花并没有开。是不是那棵酸橙太瘦弱了呢。

药植园的果子也开始多了。樱桃树上的小樱桃由绿泛黄了,正是向红色的一个过渡,现在褪去了青涩,在阳光的照射下,晶莹剔透的真好看。杨梅树上结出了小小的淡青色的杨梅果。毛桃树上指头大小的小桃子蒂部开始泛红了。紫背金盘旁的草地上,蛇莓果的红色真是娇美极了。

此时清晨的药植园里,除了暮春的花香,还有初夏的小果子香。

谷雨
GUYU
花满枝丫
谷雨节到莫怠慢, 抓紧栽种苇藕芡。
HUAMANZHIYA

●○　4 月 20 日

今日是谷雨节气了。谷雨三候,一候萍始生,二候鸣鸠拂其羽,三候戴胜降于桑。

谷雨是二十四节气中的第六个节气,也是春季的最后一个节气。谷雨源自古人"雨生百谷"之说。"清明断雪,谷雨断霜",谷雨的到来意味着乍暖还寒天气的彻底结束。此时"湖光迷翡翠,草色醉蜻蜓",春将告别,夏将降临。

很喜欢谷雨这个名字,觉得充满了人间烟火的味道。古代有"走谷雨"的风俗,谷雨这天青年妇女走村串亲。南方谷雨有摘茶的习俗,传说谷雨这天的茶喝了会清火、辟邪、明目等。所以谷雨这天人们都会去茶山摘新茶回来喝。

●○ 4月21日

昨天是谷雨,果然下了两场小雨,下午下了一阵,很快又天晴了。昨天晚上睡在床上,朦胧中又听见淅淅沥沥的雨声。

今天早上出小区来,只见小区里的柚子花又落了不少,地上都是雪白的花瓣。拾起一枚花瓣,不得不感叹,柚子花花瓣真是肉质,比玉兰花瓣还厚。额……看上去很好吃的样子。不过,新鲜的柚子花是不能直接吃的,但是可以把柚子花晒干后泡茶,可以清热解毒、提神解气。之前在微博上看过,说柚子花的香气闻了可以让人感觉年轻六岁,不知道是怎么算出六岁的。但是确实这花香清润生动,闻着身心都觉舒服。

一年蓬也正在开花。它的舌状花极细,只好说是花丝了,半开的花的花丝还紧紧拥抱在一起,开了一个小口。全开的花便像袖珍的小雏菊,一脸天真状。实际上,一年蓬是比打碗碗花还要强大的存在,看起来却比它更柔弱。

时间还早,就又去了药植园。药植园的山楂几乎谢尽了,只有零星几朵还在树枝上,花蕊顶端的花药也转成了褐红色。铁线莲还在开着,只是不如先前鲜妍。火棘的花现在是盛花期了,在山楂花旁一串串开得极美,珍珠梅一般。金银花也是盛花期,金花白瓣。柚子花落了很多,但树上仍有很多花苞,看来还会开一阵子。鸢尾、白及、蝴蝶花还在开着。

先前见到的一朵芍药也不见了,是谢了吗?石榴花终于开了一朵,艳丽得灼人的眼。苦楝如丁香一般大小的花现在也都开放了,前一阵子还是花苞的多。金橘在绿叶间掩映着它雪白的花苞。啊,金橘的花也要开了。

看到了很多小果子。樱桃泛黄的更多了,晶莹明亮的,看上去感觉特别好吃。已经有学生忍不住摘下较低枝丫的樱桃直接就往嘴里揉,也不洗下,大概樱桃太诱人了。

　　整个药植园里散发着浓郁的草木香气，仿佛所有喜欢的气息糅杂在一起散发出来似的。间或传来几声鸟儿欢快的鸣声。

　　人间四月天。

●○　4月22日

　　今天感觉格外的热，便把电风扇又找出来了。

　　还被蚊子咬了。

　　仿佛已经真正进入夏天，春天轻盈灵秀的感觉已经渐渐淡去了。

　　校园里的广玉兰含苞已经很久了，却不见开。花苞和叶苞都亭亭地立在树上。是一定要等到五月才开放吗？

　　暮春孟夏。

　　上午去岳麓山爬山，周末岳麓山人一如既往的多。绿意舒畅着人的眼睛。岳麓山上的花差不多都谢了。只在穿石坡湖和爱晚亭畔看到了还在开着的映山红，地上也是凋落的红花。穿石坡湖边还有不少黄菖蒲和睡莲，比桃子湖要

多多了。

穿石坡湖中的池杉绿叶柔细纤美,深秋的时候它是美丽的棕褐色,成熟了的颜色,而现在,它正值青春。湖边除了鸟声,还多了蛙声,听取蛙声一片。

回来时,车经过中南大学新校区,发现这里的广玉兰开了几朵,硕大雪白的花让人眼前一亮。那么,中医药大学校园里的也快了。

●○ 4月23日

昨天夜里,下起了大雨。在雨声中睡去,恍惚间做了几个梦,早上起来,却一个都不记得了。

今天早上降温了,好像是降了十几度,在衣柜里找了一件皮衣穿着。走在路上,风大得很,呜呜地吹着。

冒着大风去药植园看,金橘花还没开,只裂了一个小口。广玉兰也还没开。樱桃树上的樱桃竟没剩几个了,我还想趁着它全红的时候给它拍几个照的。大约樱桃貌美又味美,人喜欢吃,鸟儿也喜欢吃。

药植园的石榴花开了很多,绿叶上几朵红花璀璨闪耀。一鉴塘边的夹竹桃也开了,也是红花,但是是水红色的,不如石榴花那样红到发亮。

●○　4 月 24 日

薄荷生命力真强。上次小静临走前送了我一盆猫薄荷,办公室的蒋老师掐了一根枝叶放在水杯里,我还担心它活不了。结果现在那水杯里的薄荷已经昂首挺胸,曼妙生姿了。枝叶从水杯里垂了下来,弯成一个弧度,又昂了起来,仿佛迎客松一般神气。从水杯里提出小薄荷,可以看到白嫩的新根须。

好强大的生命力! 好清新的小植物!

●○　4 月 25 日

早上到药植园去,发现夏枯草开花了。淡紫色的清丽小花,花序形状和紫背金盘是相似的,但花朵形状比紫背金盘更奇特,像个头盔似的。

苦楝花还在开着。那么大的一棵苦楝树,花却像丁香一样细小,淡紫色的小

花的花形有点儿特别,柱状花蕊,紫色细长的花瓣则是向后倒卷着。

走到药植园深处,忽然眼前一亮,朱顶红开了!十几朵花,花形如百合一般呈漏斗状,但比百合要大上几号,颜色深红。花蕊伸出,花粉花药清晰可见。用微距镜头拍下来看,真惊艳。

香水月季和七姐妹蔷薇在木栅栏那里开着,七姐妹蔷薇花更是攀缘成了一面花墙,从枸骨和金樱子上倾泻而下。真是太美了。

金橘还在含苞,原以为今天一定会开花的,看来还要等着。

南天竹含苞也已经很久了,细小如米粒的花苞泛上了淡红色,胀鼓鼓的,看来马上就要开了。

广玉兰也含着苞。

暮春时节,花事未了,还有很多花蓄势待发。

●○　4月26日

看新闻说省植物园在进行玫瑰花展,有上百种玫瑰,包括碗口大小的大号玫瑰。准备周末去看看。

其实平常我们在花店里买的并不是真正的玫瑰，多是月季。真正的玫瑰花见得很少。有一年去云南，买到那里的鲜花饼，只觉香气馥郁，甘芬甜美。这鲜花饼就是用玫瑰花瓣做的。

走到办公楼那里，发现一棵两层楼高的玉兰树上白光耀眼——原来是树顶端开了一朵广玉兰花。整棵树就开了那么一朵，硕大雪白，如《诗经》里的硕人，真有遗世而独立的味道。

经过学生宿舍的时候，看到鲜红色的石榴和水红色的夹竹桃。啊，上次在一鉴塘看到夹竹桃才开了一朵，现在都快开满了。石榴也是，红花朵朵缀在绿叶中间。夹竹桃开得十分柔媚，颜色也是要滴出水来的娇嫩，而石榴花则是明艳大气。

●○　4 月 27 日

这几天气温都不高，昨天晚上又下了几滴细雨，今天早上起来又是大雾便披了一件大衣出来。

路边的一年蓬越来越多了，长得也高了，几乎随处可见了。一年蓬的植株很直，亭亭玉立，已经开了不少花，还有花在含苞。花仍是有淡紫、雪白两色，淡紫的花比雪白的花更清丽。

小蜡现在也开花了，花朵和女贞的很像，本来它就是女贞属的植物。女贞又名蜡树，小蜡就是缩小版女贞了。小蜡绽出细小的花，四瓣雪白花朵向后微卷，露出金灿灿的花蕊。

办公楼下，齿叶冬青也绽开了淡绿色的花。叶子是小小的椭圆，只有小孩子的指甲盖大小，花比叶子还秀气。

●○　4 月 28 日

广玉兰又开了几朵，雪白花瓣晶润好看，但有趣的是树上部的花开得比较多。广玉兰开花的时候是花苞叶苞并发的，叶苞也如花苞一般绽放了。

●○　4月29日

今天开始放假，上午便来到了省植物园看玫瑰花。路边雪白的广玉兰、火红的石榴花、水红的夹竹桃，一路上拨亮着人的眼。尤其是夹竹桃，花朵繁多，开得如花墙一般。现在应该还没到夹竹桃的盛花期，更漂亮的时候还在后头呢。

到了植物园，一低头先看到了满地的红花酢浆草，在阳光里满是兴高采烈的样子。我记得有一次下午来到植物园，阴凉处的红花酢浆草就收起了花瓣，看起来倦然欲睡，是爱晒太阳的花呢。

看到了木莲的花，这是第一次看到木莲。木莲是乔木，长得还很高，木莲大多只开了一半，感觉长得很像含笑，圆圆的象牙色质感的花瓣。木莲是木兰科，和含笑也是亲戚。在树下站了半天，香气隐隐约约，并不像含笑那么馥郁浓烈。

走到了植物园里的世界名花广场，终于看到玫瑰花展了。先是看到一圈儿玫瑰树，火红色灼着人的眼，可是灼得很舒服。

这是第一次看到这么高大的玫瑰树，比人还高，树上开满了大朵的深红色玫瑰花，孩儿脸一般大。树上的玫瑰花是大开着的，重瓣绚烂，热情如火，明亮的颜色快赶上石榴花了，果然和花店里那些矜持深沉的酒杯状玫瑰花大不一样。

往里面走，又看到了如同肥皂泡反射出来的七彩光芒一般的玫瑰花，从来没有见过的，带有一种神秘的异域风情。可惜不知道是哪个品种。慢慢走过去，看到了淡粉的玫瑰、雪白的玫瑰、明黄的玫瑰……

风里携带着玫瑰的香气，禁不住深深吸了一口气。

想起《红楼梦》里的玫瑰清露来，继而又想起了玫瑰花茶、玫瑰花饼、玫瑰卤子……之前药学院有老师还调制过玫瑰桑葚茶、桂圆玫瑰茶，是可以做养生药茶饮用的，可以美容养颜、疏肝明目。

还看到了月季花和蔷薇花。玫瑰家族在英文里都是"Rose"，长得都很像，有时我也不能准确地区分它们。只知道，月季花大多是小灌木，随处可见的就是月季花，各种颜色都有。蔷薇花大多是爬藤植物。在植物园又见到了粉色的七姐妹蔷薇，开满了，从墙头垂下来，锦缎一般闪耀着。

绣球花开了，还是青碧色的小花，拳头大小，还没长成温文的成熟绣球花，只有边缘的花长得快一点儿，变成了很清淡的蓝紫色。过一段时间，常作为新娘捧花的美丽绣球花就要开了。绣球花虽然是蓝紫色，但是比雪白的木绣球还要

淡雅,反而木绣球让人感觉很明艳。

还看到了鲁冰花的花和荚果,蹲下来仔细看了看。鲁冰花又叫作"羽扇豆",是豆科羽扇豆属植物。它的花是作花棒开的,总状花序,由上百朵蝶形小花密密组成,但是每朵花都好美貌,颜色也清雅。眼前的花,就是淡雅的水粉色。而它的果儿,像是豆荚一般,密密地挂满了茎上,荚果上还有细细的绒毛,不大好看。

下午坐高铁去杭州,住在浙江大学紫金港校区旁边。准备趁小长假去浙江大学、杭州植物园,还有西溪湿地,最后去那个清代著名闺秀诗社"蕉园诗社"的诞生地。

●○ 4 月 30 日

杭州之行可以另外再写一篇长长的游记。

这是第二次来杭州了,仍然感觉特别新鲜舒畅。浙江大学其美如画,西溪湿地满眼皆绿。西湖自然是人从众,但西湖畔的杭州植物园却很是清雅宁静,少有游人,只有草木香气和鸟鸣之声。在这里我见到了粉团荚蒾、四照花、含笑花等洁白清新的小花。

绿色之城,我都是爱的。我所在的山水洲城长沙,也是一座绿色之城。

四时花事
SISHIHUASHI

WUYUE

五月

江南自然笔记

静听时光风吟
喜看岁月静美

立夏：就有了小果子
小满：小得盈满

●○ 5月1日

从杭州回来,下午两点左右到了长沙。刚上车,就下雨了,雨越下越大。半个小时后,雨却停了,云层后转出清光来。光线越来越强烈,竟变成了个大晴天。

路途辛劳,人有点儿昏沉,车行路转,仍是看到了广玉兰、夹竹桃、石榴花,还有一大片一大片的苘蒿花,跟油菜花似的摇曳着。

●○ 5月2日

今天天又阴了,于是又换下短袖,穿上长袖。楼下,深红、水粉的石竹花开得越发耀眼了。

走在校园里,闻到熟悉的清雅香气,抬头一看,这几天广玉兰居然都开满了。硕大洁白的花朵,丰腴肉质的花瓣,唐代美人般的既视感。广玉兰有的花已经开过了,在枝头萎黄了,但更多的花苞还在孕育着。我踮起脚,轻轻抚摸广玉兰开在低处的花。那初生的花瓣光润柔和如同婴儿肌肤,同时又有晶莹清脆之感,如少女的笑声。

广玉兰带来满满的初夏感觉。记得小时候,在家乡小城,夏天的夜晚,都是扑了痱子粉之后,去小花园里逛逛。广玉兰光洁明亮,在夜晚的路灯下散发着淡淡光芒,而香气馥郁,与痱子粉的甜香糅合在一起,打成一片记忆中的"小确幸"。

●○ 5月3日

今天早上天气还是清润的,温度也不高。暮春时节,这是春天最后的温柔吧。

宿舍楼下的萼距花已经开满了,小小的五瓣紫色,闪烁在同样细小的绿叶间。女贞属的小蜡开出一串串白色小花,烟雾似的薄脆。小花香气浓郁,引得几只雪白的粉蝶儿起起伏伏。

在药植园看到了柠檬黄的睡莲。水柳早已没有了初春时的枯黑,葱绿喜人。走到药植园入口处,看到一串如同雪白铃铛一样的花,很像玉竹,但是比玉竹要

密集拥挤，这便是苦参的花。珊瑚樱的花还低垂着，但开得越来越多了。而且绿叶间已经出现了小橘子一般的青色小果子，但果皮分外柔和细腻。

看到酸枣花了，比萼距花还小的青绿色花朵，不细看根本不会注意到。用了微距镜头放大看，能看得到单瓣的花瓣外卷，四枚花蕊，花蕊上都是金黄色的花药，花心里都是橘黄色的花蜜，看着就觉得甜蜜极了。想起大学里吃过的枣花蜜，清新甘馥，如一脸甜美的微笑。

药植园的石榴花也开得鲜艳热闹，这是在意料之中，可是令我惊讶的是，居然看到白色的石榴花了！形状气味和红石榴花一模一样，只是颜色是白色。但是那白色并不是很好看，还带了一点儿萎靡，容色之美远远逊色于红色石榴花。白石榴花比较稀有，尤其是重瓣的白石榴花。重瓣白石榴花的花瓣可为药用，干燥以后花瓣为黄色或者棕黄色，可止血，也可治久泻不止。

益母草前几日就已经看到过，它的花是腋生的轮伞花序，几朵紫红色小花密密挤在一起，单朵花也是小得几乎看不清楚。要下次用微距镜头放大来看。益母草是著名的妇科良药，具有活血调经、利尿消肿、清热解毒之功效。

朱顶红前几天只开了几朵，还有数十朵在含苞，今天是全部都开放了。朱顶红的花生得很有趣，跟黄花石蒜一般，光滑的茎秆上分出四朵大红花，每朵花并没有叶子衬托着。这样鲜艳的大红花，给人的视觉以强烈刺激。

柚子树的花都谢尽了,有的枝上已经长了青碧色小果子,只有鸽子蛋大小。枇杷树结小果子了,也是青碧色的,果皮光滑。杨梅结的果子则并不光滑,表皮有均匀的细小凸起,青青碧碧。樱桃的小果子,早在变黄的时候,就被鸟儿吃光了。因此,初夏第一果的小樱桃,在药植园里是见不到它红的样子了。

在美女樱的旁边,忽然遇到了几十朵粉红色的韭莲!百合一般清纯的样子,却又比百合娇憨可爱。韭莲不开则已,一开就是欢欢喜喜的一大片。它是风雨兰的一种,一般是下雨之后,韭莲忽然开放。我"五·一"去杭州,杭州没有下雨,但听说长沙下了大雨。大约正是这场大雨,催放了韭莲花。这么说,韭莲的姊妹花葱莲,也快开了。

●○ 5月4日

早上,路边看到了开成一片的小黄花,五个小花瓣,算不上很漂亮,但是挺喜庆,憨憨的样子。问了下药学院的老师,居然它就叫作过路黄。这名字取得真随意,但是也真贴切。

路边的一年蓬又长了很多。而今天新发现一株小植物,开的花跟女贞似的细细小小,但花瓣后卷,药植园里也没有见到。一问之下,得知是龙葵。这么威风的名字,却是这么淑雅秀气的花。

海桐的花快谢尽了,看到它青绿色的小果子了。

香樟树的花也落尽了,树上再没有了那烟雾似的密密小花,它也在静静孕育樟果了。

石榴越发明艳,夹竹桃越发柔美。蔷薇满架,月季遍地。这已经到了属于它们的季节了。

在香樟树下,又见到了红花酢浆草。今年不知道为什么,老是见到红花酢浆草,在杭州也是。可是以前,仿佛黄花酢浆草见得更多一点儿。不过,红花酢浆草当然是乐意见到的,人家生得美呀。

下午的时候,红花酢浆草的花朵便收拢来了。它是作息时间特别规律的一种花,早起早睡的那种,好学生一般。

立夏 LIXIA
就有了小果子
立夏落雨，谷米如雨。

JIUYOULEXIAOGUOZI

●○ **5月5日**

今日立夏。立夏三候：一候蝼蝈鸣，二候蚯蚓出，三候王瓜生。春天至此终于真正结束了。斗指东南，维为立夏，万物至此皆长大，因此叫作立夏。

明人《遵生八笺》一书中写有："孟夏之日，天地始交，万物并秀。"江浙一带，人们惜春，因此在立夏这天特别准备酒食，送春归去，便好像送人远去一般，名为饯春。崔骃在赋里说："迎夏之首，末春之垂。"吴藕汀《立夏》诗也说："无可奈何春去也，且将樱笋饯春归。"立夏之后，天气渐热，有利于心脏的生理活动，因此要注重对心脏的特别养护，饮食应以低脂、低盐、多维、清淡为主。

今天天气也是变化无常。早上阴天，似乎有点儿冷。到了九点多忽然下起雨来。十一点又晴了。晚上又下起雨来。

●○ **5月6日**

今天一醒来，就满窗晴光。哦，今天是个大晴天，满满的夏天感啦。

又翻出了短袖短裤。

小区里有人正用衣叉子去打树上金黄色的小果子，仔细一看，这不是枇杷果吗？前几日还是青绿色的，怎么一下子就成熟了？那么，杨梅果呢，杨梅果也熟了吗？记得去年初夏某一天走在小区的鹅卵石径上，忽然看到一地浓红的杨梅果。我赶紧去找杨梅树看，杨梅果倒还是青绿色的。

中午去买桑葚，却看到已经有枇杷果和杨梅果卖了，金灿灿红艳艳的很可爱。买了桑葚、枇杷果，还有一盒蓝莓。回到家里，先吃蓝莓，清新不腻，如同清风拂面一般。桑葚则是一如既往的甜美可人。而枇杷果，是不是品种的原因，并不显得甜，微微酸涩，果肉吃尽，只余下三颗光滑的褐色果核，小石子一般。枇杷果和枇杷叶都是止咳的。这几天有点儿咳嗽，前日我便去药店里买了枇杷糖，含在嘴里，清凉之意从嘴里一直沁到咽喉，便止住了咳意，心中也觉安然。

下午四点半开始居然暴雨，一直下到七点多才渐渐停了。觉得又冷起来了。

●○　5月7日

早上洒了几滴微雨。雨渐渐停了。

经过小区，睡莲尚未醒来，只有花苞浮在水面上。昨日妈妈又特意告诉我，睡莲开得又多又美，有一朵黄色的尤其好看，就跟蛋黄的颜色似的。但我每天早上上班，都和睡莲见不着面，周末才能见到。

树下草地里见到扭动的蚯蚓。立夏三候中二候蚯蚓出，这不，看到蚯蚓了。

●○ 5月8日

在药植园里见到牡丹花的果子，长得好可爱，竟是个肉肉的五角星形状的，很像海星。谁知道牡丹花如此雍容华贵，结的果子却是这么虎头虎脑，可爱之极呢。问了药学院的老师，得知牡丹果成熟之后，打开果皮则会看到鼓囊囊的黑色籽粒，这些籽粒还可以榨油，是为牡丹油。

不知道从什么时候起，路边都是金属色的花朵，花形好像秋英，颜色却比油菜花更浓郁，一长就是一大片，药植园也有。如果说是黄秋英的话，黄秋英应该不会开这么早吧？查询之后，才知道是金鸡菊，会从春天一直开到夏天，如同灿烂千阳。

●○ 5月9日

今天是大太阳！夏天气息很浓郁，一看天气预报说是气温有33度，感觉真有。

早上去药植园，有几个学生在药植园里读方歌或者英语。看到之前铃铛般的那种小花朵更加密集了。

之前看到的那些娇俏的蔷薇花全谢了，我还以为蔷薇花的花期很长呢。它的生命力不能跟它的姐妹花月季相提并论，月季兀自还开得娇艳。白及谢了，金银花、楝花谢了，最可惜的是金橘花也谢了。我还只看到了它细小如珠的小花苞，还没看到它开放，它就都谢了。一般我是隔几天就来一次药植园，看来它的

花期也只有几天。

有大片雪白的花朵开了，一走近，便是一阵甜香。闻着香气，很像栀子花。细看花，有杯托那么大，单瓣花，有六瓣花瓣。仔细确认之后，辨明是栀子花，单瓣的栀子花，立刻高兴起来。以前在家乡小城，后来在长沙，见的大多是重瓣的荷花栀子，从来没有见过单瓣栀子，但单瓣栀子明亮皎洁，比重瓣的要美，香气也极浓郁。这其实是原种栀子花，也叫作野栀子花、山栀子花。那些大叶栀子、小叶栀子都是它的园艺变种。

楝花虽然谢尽，楝树身边和它同样高大的山合欢开了。丝状的花朵，蓬蓬松松地立在树上。走不远处，又看见一棵同样高大的，原来药植园里有两棵山合欢。山合欢颜色淡白，合欢的颜色则是粉红色，比山合欢要娇艳很多。

药植园也看到一大片金鸡菊了。在阳光下熠熠生光，浓烈的黄色，也似是沉淀了阳光。逆光看去，特别有那种蓬勃的生命感。一年蓬和打碗花又见到了，现在路边这两种植物很多，看似小清新，实际上都是生命力强大的攻击性植物。

终于看到南天竹开花了。似乎含苞了好几周，一直都在期待它开放，它终于开放了，却只有一两朵。不像火棘一开花就是一大片，朵朵灿然。南天竹开花，花瓣也不是平平展展的，而是向后卷着，露出金黄的花蕊。花苞上仍是微带一抹水红色。它是头状花序，花虽然多，却并不密集，朵朵舒展开来。

女贞还在开花，小粉蝶还在不知疲倦地飞舞着。锦绣杜鹃都谢了，但居然还有一朵光洁的杜鹃花孤零零地开着，这不愿老去的心呀。

●○ 5月10日

今天早上，又是蒙蒙细雨，暮春的清润感。夹竹桃开得越发繁盛，也越发娇柔了。

广玉兰新生的花瓣仍然光润明亮，萎黄的花瓣则越来越多了。它青春的时候有多美丽，它枯萎的时候就有多让人心痛。不像桃杏樱花即使是坠落在地也保持着鲜妍的容颜。

路上的龙葵花越开越多了。总记挂着要用相机拍几张照，却又总不记得带相机。手机拍不出效果，因为龙葵花太小了，比香樟花大不了多少，风一吹来，手机更是定不了焦。

●○　5月11日

今天回来的时候,无意中发现小区里心形的紫荆叶子已经长得有成人手掌那么大了,颜色也由早春清新的浅绿之色变成了成熟了的绛绿色。

还记得那小小的刚刚生出来的心形小叶子,小鸟儿一般叫人怜爱呀,我想摘一枚夹在书中,看它那娇弱的样子,都怕弄痛了它,只好停手不摘。谁知道它一下子就长成了大小伙子状呢? 这样大的心形叶子,都不适合做书签了。

叶下,还垂着很多绿色的豆荚,这倒是早就见到了。伸手摸了摸,只觉得比之前厚了一些。而之前如红雪一般落满枝头的紫荆花则是早就谢尽了,这倒真是"狂风落尽深红色,绿叶成荫子满枝"了。这样的诗,和眼前的景一般,叫我心里微微地起了忧伤。

●○　5月12日

昨晚下了一夜的暴雨,今天早上雨还未停。

中午雨停了,探身去看窗台上的凉薄荷,却发现凉薄荷的枝条尖端居然开了三朵淡紫色的唇形小花! 花瓣比叶片还小,和美女樱的花朵差不多大,可以说很好看了。两片小花瓣,一片大花瓣,大花瓣里还有大花蕙兰那种小斑纹,小花瓣托着几枚深紫色的花蕊。

感觉很少能看到凉薄荷开花呀。今天看到了,却惊诧于它的淡静清美了。

●○　5月13日

今天是大晴天,很热! 好像忘记昨天是暴雨了一般,天晴得一脸欢天喜地。看看蓝天,琢磨着还有没有下雨的可能。长沙的天气真是随心所欲,四季切换。

现在是吃杨梅和枇杷的季节了。之前先生买过枇杷,很是酸涩,大概还没太熟。后来妈妈买了几个,有青果那么大,就是熟透了的。熟了的枇杷有着柔和清甜的口感,吃起来十分满足和舒服。

想动手制作下枇杷膏和杨梅干了。之前试着做过樱花茶与草莓酒,还挺像那么回事。

●○　5 月 14 日

今年以来，我几乎每天都会在朋友圈晒早上在校园里拍到的花花草草，以及花草上的精灵，花草边的人物。后来便有很多同事朋友告诉我，他们很喜欢。

今天，在上海工作的师妹微信里跟我说："觅姐，好久好久不联系了。每天看你朋友圈发的花花觉得你就在身边的样子。"啊，又有动力发下去了。

●○　5 月 15 日

今天下午到药植园里去，刚好药植园那边有药学院的王老师带着学生上栽培课，正在种植药植。问了一下，种植好些品种，有赤小豆、使君子、小茴香等等。我说我记得药植园好像之前是有使君子的。王老师说，本来是有的，去年冬天下了场大雪，把使君子等一些药植都冻死了，于是重新栽种。末了补充说，使君子的花非常漂亮。

九里香生新叶了，碧绿清秀。王老师说，之前它一直光秃秃的，以为它也冻死在那场大雪里，没想到挺过来了。

然后自己便在药植园里仔细看着。之前平整光润得让我不相信是栀子花的单瓣山栀子有些开过了，花瓣卷缩起来，颜色也由洁白变成了黄色，有点儿像海桐的变色，但香气依然馥郁。重瓣的荷花栀子还没开，但已含苞了。

夏枯草开着，益母草开得到处都是，南天竹子的花开了好些，金灿灿的花蕊抢镜。金鸡菊依然炫耀着它的金属色。红花酢浆草依然文艺地开着。青绿色的枣花开得又细又密，甜香弥漫着。石榴和月季仍然耀眼，只是木栅栏旁的粉红香水月季开得不像前一阵子那样鲜妍明亮了。七姐妹蔷薇花全都谢了，一朵都不见了。

新开的花就是半边莲了。半边莲几乎是贴地开的，真是只有一半莲花呀。它的植株也很奇特，全株光滑无毛，呈平卧之态，睡美人一般。数了数，有五片小花瓣，花瓣纤长，并不像莲花，倒是端静沉稳的样子，有几分莲花的气质。

●○　5 月 16 日

连续几天高温。家里换上了凉席，找出了风扇，一秒入夏的感觉。

早上到药植园里，看到大丽菊开了两朵。药植园的管理员李阿姨说，她前年在药植园种下五株大丽菊,活了三株,去年没有开花,今年开花了。但是开的花却不像在广州那里看到的那样饱满水灵,而是有些委顿。但不管怎么样,毕竟是开花了。也许是在慢慢适应环境,可能明年会开得更美。

药植园里还没有新的花开,都还是之前开的花。朱顶红花期挺长的,现在还开着。

●○ **5 月 17 日**

校门口的马尾松结了松塔了。前几天还没注意到,今天看到青青的松塔。到了秋天,这碧青色的松塔就会变成铁黑色,然后被风摇坠在地。我去年拣了一个松塔,随手放在书房的桌上,都觉得别有意趣。松塔跟莲蓬一般,都是自带清气的。

之前校园里白车轴草很多,白花绿叶,摇曳一片青绿与雪白的小清新。现在白车轴草已经渐渐萎黄,一年蓬却在蓬勃发生。之前白车轴草的生长地现在大多被长相更加小清新、酷似雏菊的一年蓬所代替。

还有淡粉色的打碗花也占据了不少地方。校园里的打碗花只有开水瓶盖那么大,雪白花瓣上一抹淡淡的粉色,娇嫩柔弱。小区里也有打碗花,是白色的,花瓣上有的纯白有的淡紫,没有这么好看。

●○ **5 月 18 日**

今天出来得比较早。现在五点就天亮了,七点就是大太阳天了。经过香樟树,低下头去看树下紫色的萼距花,萼距花现在的花瓣有点儿皱缩,不像春天里那样平展舒润,大概也是热成这样了,这天热得花都皱起眉了。

中午天忽然阴了,乌云滚滚——真正意义上的乌色之云,在天上缓缓翻滚涌动着,同时狂风大作,这一看就是下大雨的阵仗。果不其然,雨很快噼里啪啦下了起来。但并没下多久雨就停了。

雨后的空气分外清凉,一扫暑热之感。于是便走到药植园,啊,这大雨浇开了好多花。重瓣小栀子花到处都是,花瓣是柔嫩的牛奶白,叫人怜爱。萱草花开了三四朵,金灿灿的,让人眼前陡然一亮,不愧是忘忧草。杨梅果黄了,过一阵子就要红了。

小满
XIAOMAN
小得盈满

小满桑葚黑，芒种小麦割。

XIAODEYINGMAN

●○　5月21日

今日小满，特别喜欢小满这个节气名字，仿佛十五六岁小女孩的名字，这小女孩长得娇俏，还有点儿小脾气，爱使小性子，可是瞧着很可爱。作家叶倾城，给女儿取名就叫作小满。《月令七十二候集解》："四月中，小满者，物致于此小得盈满。"小满也是一种人生智慧，微温小暖，小得盈满。

小满三候：一候苦菜秀；二候靡草死；三候麦秋至。从小满开始，北方大麦、冬小麦等夏收作物籽粒渐渐饱满，但尚未成熟，所以叫小满。小满又正是适宜南方水稻栽插的时节，因而有"立夏小满正栽秧"的说法。

●○　5月22日

冬青卫矛开花了。它身边的海桐与女贞，都是春天里开花，就只有它开花是在五月艳阳天。卫矛开着丁点儿大的小花，一簇簇的，圆圆的四瓣花瓣，特别可爱。像是六七岁的圆脸小女孩，含了一颗薄荷糖，满足又甜美地笑。

故乡小城的小花园里，卫矛是常见的，叶片光滑柔软，少年时也经常摘下它的叶子夹在书里做书签。

●○　5 月 23 日

　　整个五月，都是广玉兰的盛花期。广玉兰全盛的时候真是美貌啊，花瓣仿佛冰片削成，晶莹剔透。广玉兰也散发着浓郁的香气，那种香气却不似栀子花的甜香，而是略略带了几分矜持，仿佛端雅大方的闺秀。

●○　5 月 25 日

　　即使是日光倾城，重瓣的大叶栀子也甜蜜得要让人以为是沐浴在淡淡晕染开来的蓝色月光下，带着某种梦幻的恍惚。整理照片的时候，仿佛隔着屏幕也闻到了甜香。到了夏天，最爱的植物定是栀子花。那样温柔甜美的香气，仿佛青春时的记忆，胜过一切倾国倾城的花。

　　凌霄花含苞的时候很像炮仗花，但一旦绽放，颜值立马比炮仗花高上了几个段位。凌霄花最美的时候还是在暑假里，七八月。彼时药植园空寂无人，而凌霄花独自怒放，享受着属于自己的芳华与热闹。小园寂无人，纷纷开且落。

　　秋英也开了几朵，娇怯怯的。秋英并不是秋天里才开的，初夏的时候，便已

经闪闪烁烁了。

臭牡丹生成了一个个紫红色的小花球，花棒顶端绽开丁香般的四瓣小花。真是非常美丽，一进药植园就被它把眼睛点亮。记得作家谢宗玉老师把它比喻成"精灵般的女子"，是有点儿像的。

金黄色的萱草花和淡紫色的益母草生在一起，两种具有母性的花，好像在夏天的风里闲话家常，不禁感到温柔而又亲切。萱草忘忧，不仅是因为它美，还因为它身上那种淡静温柔的感觉。

●○　5月26日

这几天忽然非常想念南校区的泡桐树来。泡桐有一种异常温柔的感觉，我老家的庭院里也曾种过一棵泡桐树。南校区图书馆宿舍旁有几棵高大的泡桐树，枝叶温柔地拂过窗户。

大一的时候经常去跑道跑步。跑步回来，见泡桐树在柔和的月光下举着一树紫色的温柔，还有花悄悄地轻轻坠落在地上。那么轻盈柔软的花，落在地上一点儿声息也没有。俯身拣起一枚淡紫色花，看着周围的夜色，心中浮现好些诗句来。

当时自己还很年轻，内心对这些美好的景致完全是一点儿抵抗力也没有，心甘情愿地沉沦进去。回到寝室，与室友们开完卧谈会后，听着收音机里的音乐入睡，期待把那月下的一树繁花再带回梦里。

青春年少时，对未来涨满了各种各样的幻想，在寝室里面，看着窗外。我们的窗户正对着跑道。仿佛还是能遥遥看见，泡桐花浸润在牛乳般的月光里，也浸润在年轻人的各种期待与憧憬之中。

年华如水，弹指十数年。前年毕业十周年聚会，是选了十一假期。再回母校，都几乎不相信，自己已经离开了这么久，仿佛昨天还和同学们一起去上课，今天晚上要一起去立言厅听个讲座。怎么时光匆匆，把我们都远远抛开了。

我们一起来到南校区，经过泡桐树下面。我忍不住驻足，仰头看着泡桐树，阳光透过它浓密的枝叶，洒在我身上。秋日的阳光很温暖，而我却想起了无数个清凉如水的晚上，泡桐树举着一树迷离神秘的紫色。我走向它，走向喧闹明亮的宿舍，星子在它身后漫成长河。

惆怅旧欢如梦。

四时花事
SISHIHUASHI

LIUYUE

六月

江南自然笔记

告别五月，迎接六月
让我们和往事干杯
时光恰如白驹过隙

芒种：花下泛舟的午梦
夏至：夏日的心脏

●○ 6月5日

6月1日至6月4日，去江南大学出差。从长沙到无锡，高铁要六个小时，因此来回各用了一天。本来想带几本书路上看，又觉得重，于是随身带一本电子书来看。

江南大学校园很大，占地有四千多亩。校园内江南风情极浓，小桥流水，据说共有四十多座小桥，每座桥都有自己的名字。我们去图书馆培训时就要经过一座"曲水桥"，走在桥上时，看着桥下的水，真是眼睛都清亮了。

然而更让我心动的是校园内的植物。江南大学里绣球花很多，几乎随处可见，淡紫的，浅蓝的，深红的绣球花，一团团，一簇簇，楼下，树下，水边，都是的，仿佛走进了宫崎骏的动画里。去图书馆的路上，只要遇到绣球花，我都禁不住放轻了脚步，含笑蹲下身来，静静地看一会儿。

夹竹桃也很多，比绣球花更多，水边桥畔的夹竹桃几乎形成了一面花墙。湖南中医药大学校内夹竹桃也多，但大多是水红色的，而这里则是雪白的搭配水红的，红白相间，鲜亮好看。尤其白色夹竹桃，清雅秀丽，如盈盈步出的深闺少女，眉宇间微带一丝幽怨，与红色夹竹桃的娇俏可人、无忧无虑的感觉大不一样。

无锡是个很美的城市，此行匆忙，专注学习，都没细细看眼城市，留待下次过来旅行吧。

芒种
MANGZHONG
花下泛舟的午梦
芒种芒种，连收带种。
HUAXIAFANZHOUDEWUMENG

●○　6月6日

今日芒种节气。芒种的意思是"有芒的麦子快收，有芒的稻子可种"，因此既是个收获之季，又是个播种之季。芒种三候："一候螳螂生；二候鹡始鸣；三候反舌无声。"螳螂卵破壳生出小螳螂；伯劳鸟感阴而鸣；反舌鸟却停止了鸣叫。

一早便去了药植园，见到亮叶崖豆藤还在开着，但长廊下已经落了一地的紫红色花瓣。凌霄也还开着，长廊下也有花朵，是的，凌霄的花是整个坠落的。美人蕉也开着，都是金黄色带水红斑点的。小区里也有美人蕉，是纯色的柠檬黄，而在植物园看到的美人蕉，则是大红色的。药植园里的美人蕉，我是看着它从尖尖嫩嫩的小苗长成如今的窈窕淑女，对它越发怜爱。

水柳开了好些花了，长长的紫色花条在风中摇曳，只觉婀娜多姿，不禁多看了几眼。水柳旁不远处就是金黄色的睡莲，花心溏心蛋一般。萱草花、益母草也还开着，但没有之前那么鲜妍了。凌霄花倒是越来越精神了。

龙牙花含了苞，深红色的花苞尖尖的，真是像某种动物的牙。再过几天就开了，期待着，等全开了再去看。

朱顶红谢完了，金橘花也谢完了。金橘花还见到一地的小白花瓣，朱顶红是无影无踪了，花朵全不见了，只留下一块指示牌在曾经花开的地方伫立着。剩下的绿色枝干，我不知道那是不是朱顶红。认不出来了。

瞿麦开了一大片了。前些天只有两三朵淡紫小花点缀在一泓碧青里。这时则是星星点点地闪烁了。只觉得如同穿着流苏裙的小小姑娘，十分清丽可爱。

走过教学楼的时候，发现树下亮晶晶的一群小花——啊，太阳花开了！太阳宠儿，终于开了花了。柔软的小花瓣被风吹拂着，好像少女的鬓发被风吹起。轻轻摸了摸花瓣，柔软如绸缎，摸上去很舒服，像美人蕉的花瓣一般。这里的太阳花大多数是紫红色的，也有间或见到白色花瓣上带一抹淡红色的，在一丛娇艳之中显得格外清丽。

●○　6月9日

今天是周日，去了省植物园。省植物园的绣球花全开了，不比江南大学少。植物园的绣球花大多是淡蓝色的，林间水边，柔和的大捧花让人情不自禁地觉

四时花事：江南自然笔记　　⋯　**099**

得幸福。绣球花也真是植物美人了,丰腴秀丽,还带有一点儿美而不自知的风情,令人看不厌的。

荷花也开了,水面清圆、——风荷举。在药植园是没有荷花的,新月湖也没有种荷花,只有睡莲,因此看到荷花很是高兴。中南大学南校区的荷花也开了吧。年年都要去看荷花的。很喜欢南宋诗人兼词人杨万里的一首小词:"午梦扁舟花底,香满西湖烟水。急雨打篷声,梦初惊。却是池荷跳雨,散了真珠还聚。聚作水银窝,泻清波。"也想做一个在这花下泛舟的午梦,梦觉流莺时一声。

金丝桃、夹竹桃、月季花、木槿花、石竹花……和刚见面不久的这些花又见了一面。美人见面不嫌多,多多益善。尤其晨开的木槿花,花瓣缭乱,如少女初醒,云发蓬松。

向日葵、山桃草都开花了,紫薇花也开了,浓红色。大概是早开的品种。现在校园里的紫薇花还没什么动静。记得去年暑假,深紫色、淡紫色、鲜红色、雪白色等各色紫薇花把寂静无人的校园点缀得热闹非凡,引得蜂蝶纷飞。

植物园的大丽菊现在开得极饱满,只是颜色算不得极美,有暗红色的,深紫色的,还有带花纹的。我记得元旦时去广州看花,真是被街上淡紫红色的大丽菊惊艳了呀,水灵灵的,漫不经心的妩媚。

●○　**6 月 12 日**

小区里的金丝桃开了,仿佛笑起来甜丝丝的女孩子。上周去江南大学出差,看到校园内有大片的金丝桃。花摇曳在风里,好像要笑出声来了,心里不由得满是甜蜜了。

金丝桃的花期也只有十来天,很快就会谢了,得抓紧时间赏花。

●○　**6 月 13 日**

这几天早上非常舒服,颇感凉爽,没有大太阳,还洒了几滴细雨。眼中看来,是深深浅浅的绿,而这绿意显然比春天里来得浓郁。早上跑去药植园,千屈菜开得越发多了,紫红色的修长枝条在水中袅娜,颇有几分垂柳的风情,怪不得又叫做水柳。有小粉蝶还有小蜻蜓飞来停留在紫红色的小花朵上。

　　千屈菜科的萼距花现在也开得特别漂亮,从春天一直开到了仲夏,还要再开到深秋去。萼距花和水柳是同款的紫红色,似乎萼距花的颜色还要更浓郁一点儿,水柳则更清新一点儿。

　　美人蕉真是娇艳欲滴呀。还记得初春的时候刚刚钻出泥土的小小的尖尖的叶瓣,现在已经亭亭玉立了。药植园的这些美人蕉,是柠檬黄花瓣上有橘红色的斑点,伸手摸上去,花瓣细嫩柔软。小区里也有美人蕉,是纯色的柠檬黄,开在楼下,有一大丛,非常亮眼。

　　瞿麦已经开了一大丛。这算得上是药植园里我最喜欢的花了。淡紫色的小花,散布在草丛里,也是纽扣般大小,花瓣修长丝状,翩然若仙。很具有文艺气息的小花哦。这在花里,应该算得上是书香淑女了,比浙贝母的花更沉静,也更温婉。

　　龙牙花开了,这是我第一次在药植园见到盛开的龙牙花,真是好特别的花。火红的颜色,花芽尖尖,的确像某种动物的牙齿,开花之后花苞打开,但是是和红掌一样,一枚火红花瓣衬着长长的花棒,像动物的牙齿,花瓣也是尖尖,也像动物牙齿。龙牙花开起来是一串串的,红艳艳的,整体看起来倒有点儿萌,忍不住多看了几眼。

　　早上太阳没有出来,清润的阴天,太阳花就不像前几天开得那样欢,而是缩成小小的一团。真是深爱着太阳的花呀。

●○　6 月 14 日

　　早上出来小区，居然看到龙爪槐开了槐花啦。龙爪槐的槐花跟锦鸡儿很像，但是雪白的，小上几号，一串串的，晶莹剔透。自然啦，它们都是豆科的。

　　黄花决明还在开着，但恹恹的，并不精神，与之相比，某栋楼窗下的那一大丛柠檬黄的美人蕉可谓是明艳照人了。美人蕉这个名字取得真好，看身姿，纤柔窈窕，亭亭玉立；看花容，颜色鲜亮，真是植物中的大美人了。美人蕉的气味也是芬芳的。据说可以直接吸吮美人蕉花心里的花蜜，滋味甜美。

　　楼下的那一排紫红色木槿花越开越多了。昨天刚刚看了一个晨采木槿花油炸做菜的视频，说木槿花甜甜的黏黏的。但木槿花这样的温润，就算要吃，也是要清淡一点儿，吃它原本的甘甜味道。

　　走到校园里，忽然吓了一跳——芙蓉花开啦！芙蓉不是九月开花吗？现在六月份，怎么就开啦？芙蓉树普遍长得比木槿树高，高高的枝头末梢挂着几朵明亮的浅粉色芙蓉花，一下子把身边水红色的夹竹桃给比了下去。美人是比较出来的，花也不例外。停步赞叹，又舍不得离开了。

　　杜英树上发了很多花芽，一串串鼓鼓的绿色小花苞。这花苞跟南天竹的花差不多大小，只有小豆子般大呢。

　　今天办公室的丁老师说把我给花拍的照片都作为壁纸使用了，她在网上搜壁纸用，感觉有的花还没我拍得好呢。我听了很是高兴，又有动力拍花了。

●○　6 月 15 日

　　学校的芙蓉花又绽了几朵，单瓣的，淡粉色，平平展开，但是只是在芙蓉树的尖端生长着，只能仰起头看。古人把美人面比作芙蓉，说芙蓉如面柳如眉，比得也恰当。这一张张容光焕发的芙蓉面，真看得人心情大好。之前总以为芙蓉花九月才开，因为九月到十一月，整个校园里都是大捧的芙蓉花。灼灼其华。

　　办公楼下面的紫薇花也绽开了一朵，其实也不叫一朵，叫作一轮吧。紫薇花在暑假里开得最好。今天早上出来，看到小区假山前面的粉红色早安花开了，真是好看呀。早安花就是翠芦莉，翠芦莉有粉红和蓝紫两种颜色，但我更喜欢粉红色的早安花，如穿着粉衣的幼儿园小女孩。

●○　6 月 16 日

　　中午在岳麓山下的一个小农庄漫步，看到了雪白的白鹭在田间起起伏伏，一时间心中浮现出了王维、孟浩然的田园诗来。

　　萱草花在路边开着，是深红色的，跟药植园的金黄色萱草花相比又是一番风情。丝瓜花、苦瓜花、辣椒花都正开着。丝瓜花金灿灿的，如小孩手掌大小的单瓣花摸上去丰腴肉质。苦瓜花倒颇为美貌，小青果一般大小，五瓣，花瓣椭圆形。辣椒花照样是垂下头去的，羞羞涩涩，花瓣尖尖，显出几分俏丽，已经能看到嫩嫩长长的小辣椒了。

●○　6 月 17 日

　　明天就是端午节，妈妈带了一束长长的艾草到我家里来，插在门边。我想起之前在故乡小城，每次到了端午节，妈妈都会在门上插上艾草。我们还会用艾叶浸水洗澡，洗完澡之后全身都热乎乎的。如今到长沙了，这个习惯还是没有改。闻到艾草的味道觉得很亲切。

五月份妈妈还到河边的野地里拔到了艾草,做了艾草粑粑。我原以为艾草到了五月份应该已经老了,但吃下去还是觉得口感清脆,可能是妈妈掐了嫩尖。

妈妈自己也包了很多粽子,用糯米、咸蛋黄还有肉块包的咸粽子,和外婆包的大不一样。外婆包的都是尖尖小小的纯味粽子,什么都没有放,自己可以加点儿白糖,也别有风味。

妈妈包了几十个粽子,有的留给自己吃,有的送给以前湘阴的老同事了。

●○ 6月18日

妈妈昨天下午去了外婆家,今天晚上回来了,带来了外婆在她的绿色庄园里种的丝瓜、四季豆还有黄瓜。丝瓜是极长极胖的一条,快有半米了吧。妈妈笑着说,明天中午我们吃外婆种的绿色果蔬。

今天端午节,中午我们吃粽子。有妈妈包的咸蛋黄肉粽,也有外婆包的纯味粽。感觉生活还要有点儿仪式感,比如说,一家人在端午节围坐在一起吃粽子。在老家的时候,我们也是年年如此。虽然平常也有粽子吃,但没有端午节的时候吃得有感觉。

说到故乡小城,真是美食天堂。现在故乡小城的辣椒都卖到上百元一斤了,口味辛辣脆嫩,比长沙这边吃的辣椒强多了。更不用提大闸蟹了。

先生买了很多莲子,清脆细嫩。现在正是吃莲子的季节。想想家乡小城,街上必定又是很多挑着碧青莲子和深红菱角的担子了。甘妃巷那条小街里,应该也有很多淡粉色的长春花开了吧。

古代端午节的习俗很多,不外乎吃粽子、挂香袋、泡雄黄酒、画王字、插艾草、赛龙舟等,在故乡小城的时候,粽子是一定要吃的,艾草是一定要插的,龙舟是一定要赛的,其他似乎没有那么讲究了。倒是到中医药大学工作之后,发现这里的学生端午节喜欢自制香囊,放上一些中药香草。曾经见过有女孩子着古装,腰上佩戴香囊,在林荫道上走着,觉得便如一阙小令,婉兮清扬。

●○ 6月20日

早上起风了,又下雨了,迷迷糊糊中听到雨声滂沱。起来准备出去上班时,雨又渐渐停了。前几天简直要热崩溃了。这一下雨,气温又降了下来,很是舒适。

于是早上又到药植园去看花。药植园现在开得最精神的就是凌霄花了，蜡质的花朵昂首挺胸，摸上去光滑，也有蜡质的感觉。萱草花竟然全谢了，益母草也谢了不少，臭牡丹、金鸡菊和美人蕉的花也还开着。酸枣结了绿色的小果子，葡萄的绿色果子也越来越大了，渐渐令人垂涎欲滴。

居然看到百日菊开了两朵，我一直以为百日菊是秋天里才开呢。秋英也是。其实五六月就能看到秋英和百日菊了。百日菊舌状花颜色鲜丽，管状花也精致，花瓣上面特别适合蝴蝶栖息，随便一拍就是一幅画。

经过实验楼的时候，发现实验楼下开了好多紫色的小花——竟然是单瓣的木槿花。较少到实验楼这边来，因此我并不知道这里有木槿花。小区里也有单瓣的紫色木槿，但开了两朵就没开了，一直不知道什么原因。这蓬勃的轻盈的花，忽然间亮在我眼前，一下便使我无限欢喜了。

和红色重瓣的木槿花比起来，紫色单瓣的木槿花显得更加细巧简净，没有那么纷乱繁复。当然，纷乱繁复也有美人缭乱的性感之美，但细巧简净总叫人想起青春，想起单纯，想起一切跟美好有关的字眼。诗经里说女子颜如舜华，这舜华是指木槿花，应该就是指的单瓣木槿花吧。那样简净，明快，脱俗。

夏至

XIAZHI

夏日的心脏

夏至一场雨，一滴值千金。

XIARIDEXINZANG

●○　**6月21日**

今日夏至，这是北半球白昼最长的一天。夏至三侯：一候鹿角解；二候蝉始鸣；三候半夏生。

早上经过林荫道的时候下意识地抬头一看，香樟树上已经结满了圆圆小小的樟果，看上去分外可爱。杜英树叶下已经结了总状花序，含着豆子大小的花苞，但今天居然已经有几朵开了，细细小小的，睫毛一般的花。花长得很高，看不清楚。

今天特地去看木槿花，越看越觉得喜欢。木槿花的叶子也是细巧干净的，只有清凉油盖那么大。木槿身边是高大的芙蓉树，芙蓉树的绿叶手掌般大小，树形也还潇洒漂亮。木槿和芙蓉站在一起，木槿像是十六七岁的轻盈少女，芙蓉则是二十五六的丰腴女郎。芙蓉花前天还看见开了一两朵，但更多的芙蓉花还在酣睡着。想起去年秋天的时候，满树粉嫩娇艳的芙蓉花，在风中轻轻颤动，风情要大大胜过木槿花了。木槿花气质是少女的青春的，而芙蓉花的气质则是绝代风华的成熟美人。好期待芙蓉花全盛之时了。

石榴花还有几朵花闪烁着，渐渐地萎了大半。广玉兰也渐渐见得少了。这两种花都是夏日的心脏呀。

到了十点钟，忽然下起暴雨来，坐在办公室里，窗外又是雨声滂沱。风一阵一阵吹来，吹吐来泥土和草木的清香。

　　早上在小区里走着,忽然眼前又闪现了一排木槿树,开着粉紫色的花。妈妈说同一棵树上,木槿花的颜色也有不同,说着她便指着一朵淡紫色的花给我看,确实比它身边那些花颜色要淡,更偏向于红色了。锦葵科植物有变色的特点,芙蓉花中的醉芙蓉便是一日三变色,很有趣的。只是木槿花我还没观察过它变色的样子。

　　走到黄花槐那里,又是妈妈眼尖,看到柠檬黄的花下长长细细的荚果。想起黄花槐也是豆科植物,挂果的样子跟紫荆花很像啊。又想起之前见到的龙爪槐的雪白花,记挂着要去看看,又怕上班迟到,留待下次了。

　　看花友微博说:"终于等到盛花期的梧桐。"忽然想起药植园也有一棵梧桐树,得去看下呀。

　　因为没有长焦镜头的关系,很少拍鸟儿,一走近鸟儿就飞了。今天下午在药植园遇见一只胆大的白头鹎,似乎并不怕人,还认真地打量起我来。我小心翼翼地走到离它一米左右的距离处,赶紧抓拍了几张。

●○　6月23日

　　在药植园里发现了一抹柠檬黄——是黄蜀葵!我第一次在药植园里看见黄

蜀葵,真是激动得不得了。黄蜀葵的花瓣也是很有质感,摸上去肉肉的。锦葵科的植物都是美丽而丰腴的。

看到山麦冬都结了淡紫色的花苞,快开花啦。

●○　6 月 24 日

药植园里,正开着紫红色的窈窕水柳和鹅黄色的娇憨睡莲。走近了看,这睡莲花心还是嫩黄色的,像是溏心蛋。药植园里没有荷花,要看大片的荷花得去附近的洋湖湿地公园。

忽然意识到,好久没有见到红花酢浆草了。六月初还看见它明艳地摇曳在香樟树下,现在是一朵都不见了。想起来以前查过资料,说酢浆草在夏天里会有短暂的休眠。它是怕热的花呀,现在气温也的确是越来越高了。

●○　6 月 25 日

办公楼前的香樟树下,是一排娇艳月季,月季花期很长,从初春一直开到深冬,我记得今年一月份的时候,下了大雪,冰天雪地里,只有茶梅、蜡梅、四季桂还有月季在一片雪光之中光华灿烂。

今天在月季旁,却看到了几枝垂序商陆的小花!啊,好可爱的小花呀,圆圆小小的白色花瓣,却是绿色的花心,花朵跟冬青卫矛的花差不多大小,却不像卫矛花那样天真坦率地平铺着,而是含蓄地微微收起花瓣。有的花序上花已经落了,正在结着青青的小果子。我知道到了秋天,这青青的小果子就会变成紫黑色,像是诱人的葡萄,但其实是不能吃的,有毒。

●○　6 月 26 日

今早在药植园漫步时发现了重瓣的红色萱草花!长得跟单瓣萱草花很像,只是多了几层,但却没有重瓣栀子或者重瓣木槿那样的繁复之美,仍然是淡静温文的样子。走到药植园深处去看,单瓣的萱草花早谢了,连同它身边的益母草。

龙牙花快谢了,之前是有几束花,现在只剩了一束。臭牡丹也看不到了。

●○　6月27日

药植园的山麦冬开花了。小花在烈日下气定神闲。但开得还不多,一枝花枝上只绽放了两三朵,更多的花还在含苞。花太小,跟红蓼花差不多大吧,但是很精致,金灿灿的花蕊,淡紫色的圆圆花瓣。众多淡紫色花枝轻轻摇曳着,感觉也像薰衣草。

长廊上的青碧色的小葡萄倒是越来越大了,看着也越来越馋人了。今天发现那长廊上的紫藤花还开着几束,孤独但美丽。紫藤的盛花期是在四月,整个长廊都是紫藤花的紫色梦幻,还有淡雅香气。

现在长廊上最美的藤蔓植物就是凌霄花了吧。一眼望过去,一串串的娇艳。凌霄花跟鸡蛋花一样,太阳越烈开得越美。这里的韭莲都被晒萎了,无精打采地垂着头,葱莲干脆不出来了,但凌霄花和山麦冬一样,都还是精气神十足,一派武林高手的淡然风范。

细看这里的凌霄花有两种:一种就是中国原产的凌霄花,花朵更大,花瓣不是大红而是有一点点偏蜡黄,花形有点儿像红花酢浆草,更为典雅美艳,连花的背影也极为妩媚;另一种就是美洲凌霄,美洲凌霄现在比原产凌霄花还要常见。

●○ 6月28日

今天出来得更早一点儿，便向药植园深处走去。看到那棵金橘树上又是微雪般的点点小白花。金橘不是六月初就谢完了吗？怎么又是一树繁花，难道产生幻觉了？

药植园的李阿姨刚好在旁边除草，于是问她，她说，金橘每年是要开两次花的。

记得金橘第一次开花的时候蜜蜂嗡嗡，还有食蚜蝇也围着橘树打转。现在却安静得很，只有精致的小白花沉默的香。大概天气太热，小昆虫们也蛰伏了。

●○ 6月29日

今天下了班想着去药植园走走，于是便走了过去。

才发现，黄蜀葵前面的射干花也开了几朵了，蜡黄色的花朵，现在正在微微收拢，好像倦了要入眠一般，转眼看到黄蜀葵也一样，不像早上那样是舒展开来，而是五片硕大肥厚的花瓣收拢了来。看来它们也是要睡觉的花呀。不像广玉兰，白天黑夜，都精力充沛呢。

说起广玉兰，它也谢完了。现在树上已经没有广玉兰荷花一般挺秀丰腴的花朵了。但石榴花、夹竹桃仍然明亮着。

红红的杨梅果现在树上已经没有了。青青的酸枣倒是越长越大了。

●○ 6月30日

这一周都是蓝天白云的好天气，随手一拍都怀疑自己来到了云南或者海南，天空漂亮得不像话，但是也太晴热了。

今天早上则是个阴天，以为会下雨，结果并没有。下午又出太阳了。

睡梦之中仿佛听到淅淅沥沥的雨声。

四时花事
SISHIHUASHI

江南自然笔记

QIYUE

七月

一片白云
抖了抖妩媚的身姿
掉落出一个繁华的夏天

小暑：蟋蟀在夜晚轻轻吟唱
大暑：最热的一天

●○　7月1日

早上起来,推窗远望,只觉一阵凉意袭来,随之而来的还有湿润的泥土与草木气息——昨晚果然下雨了。

心里忍不住欢呼雀跃起来。这些天热得实在是受不了了,太需要这样的雨来缓解暑热了。

●○　7月3日

这天凉快了没两日,又重启了烧烤模式。真是觉得可以地面煮鸡蛋了。太阳晒在身上也觉得烫得痛,不得不打起了伞。本来平日里是只喜欢戴帽子的,懒得打伞的。

校园里的紫薇花渐渐地都开了,办公楼下,宿舍楼下,药植园里,忽然间便闪过一抹轻柔的粉紫或者淡红,一圈儿绸缎般的花瓣,轮盘似的围绕着金色修长的花蕊。紫薇花颜色鲜丽,腰肢轻软,在风里轻轻颤动像是在咯咯娇笑,很少女的一种花。太阳晒得这么厉害,她还是笑嘻嘻的,浑不在意。

●○　7月4日

经过三教后面的那块草地,发现好多狗尾巴草在摇曳了。于是决定今天傍晚要到这儿来看看,夕阳下的狗尾巴草,最有意味,像是小姑娘长长的睫毛。

在这里一棵香樟树下,还发现了七八朵韭莲,仍然娇憨明艳的样子——真是聪明,会选在大树下开花,被阴凉笼罩着,一点儿也没有被晒蔫。在药植园里裸露在烈日下的那一大片韭莲,花瓣的边缘都被晒焦了,一个个垂头丧气,好不可怜。

药植园里也有狗尾巴草,就在金鸡菊那里,短短小小的特别可爱,纤细腰身横过碎石子路。我觉得那有点儿像兔尾草了,但不是很分得清狗尾草和兔尾草。

小暑
XIAOSHU
蟋蟀在夜晚轻轻吟唱

小暑一声雷，黄梅去又回。

XISHUAIZAIYEWANQINGQINGYINCHANG

●○ **7月7日**

到了小暑，却下起雨来，一解暑意。早上便冒着丝丝小雨去药植园。那桔梗花雨后真是清秀隽美，淡紫色花瓣上滚动着晶莹雨珠，偏偏枝干又是纤细修长，很像是大观园中的林妹妹临风捧卷，风露清愁。

雨后的韭莲也是美极了。粉红色的花瓣上也满是细小雨珠，仿佛薄汗轻衣透的女儿。露浓花瘦，青春满溢，最是叫人心动。

走在林荫道上，遇到国教的小玉。她笑着跟我说，看着早上下雨，就想着说不定我去药植园看花了，果然遇到从药植园出来的我了。

小暑三候："一候温风至；二候蟋蟀居宇；三候鹰始鸷。"那么，慢慢地就会有蟋蟀在夜晚轻轻吟唱了呢。忽然想起不记得今年春天里的蛙鸣是什么时候开始的，明年倒要留心听听。

●○ **7月8日**

今天的天气可是奇妙了。早上淅淅沥沥的雨，窗外的风吹来，也是夹杂着清凉的水汽。中午却晴了，下午又出太阳了，在窗边又觉得热，于是紧闭了门窗，开启空调。到了傍晚，又下起雨来了。八点多，雨索性大了。

好任性的天气。不过，这种天气，睡觉最好了。虽是酷暑，听着雨声，只觉枕上清寒，梦中清凉。

●○ 7月12日

前几天简直要热成热锅上的蚂蚁了。只能待在空调房里,出去一下就汗如雨下,很快衣裙都湿透。但总不能不出去。今年还好,没有中暑,去年夏天就中了两次暑。

今天早上却又下起大雨来,一醒来雨声就未停过,到了中午还在不停地下着。出去买东西打了个转儿,一身都湿透了。

下雨的好处是,一下子变得凉快清爽了。看到药植园的风雨兰、韭莲和葱莲,都忽然间容光焕发。尤其韭莲,前几天被晒得那个小可怜样,花瓣都卷起来了,被过于强烈的阳光灼伤了一般。现在则是又如同李清照笔下的少女,露浓花瘦,薄汗轻衣透了。

昨天经过木槿花旁边时,看到树上的木槿花都收拢了来,地上也掉了一地紫色的小花筒。我拣起一个细看,原来木槿花朝开暮落,但是暮落的时候也绝不潦草,而是精精致致地收成一个长筒形的花筒,末端收拢闭合,仿佛衔住了一生的秘密心事,安然睡去了。很有仪式感的花,开也开得清丽雅致,走也走得宁然静美。

妈妈说她小时候,就是用做篱笆的一种花的叶子来洗头发。把叶子放在盆里浸泡,然后用力揉搓,揉搓出透明黏稠的液汁来,用那种液汁洗头,能把头洗得很干净。这种花就是木槿。当时他们还在房屋侧种下一株又一株木槿,然后再在木槿之间用竹篾片来织篱笆。湖南这边的小镇以及乡下地方都是用木槿来做篱笆的。

●○ 7月13日

小区假山前的紫竹梅开花了,深紫色的叶子,稍微淡一点儿的深紫色小花,探出金灿灿的花蕊,像刚刚睡醒一般。六月底就看见了,一直忘记了记录下来。

假山上的早安花也开了。但是开了几天之后又不见了。我记得去年是开了至少一个多月呢。为什么呢,是太热了吗?

妈妈买了莲子。莲子嫩嫩的,十分清甜。可惜这里没有菱角吃呢。家乡小城,每年到了这个时候,都会有农人挑着扁担,一头挑着青碧莲子,一头挑着铁红菱角,到街上来卖。那些莲子和菱角都是刚刚摘下来的,还带着露水的清新气息。

故乡小城的记忆啊。

●○　7 月 14 日

今天早上去了中南大学南校区看荷花。每年夏天我都会来看这一池风荷，曾给了我青春美好回忆的地方，而每年都会成功地被惊艳到。

荷花覆盖了半池碧水，水面清圆，一一风荷举。因宿雨未干，荷花明洁的花瓣上还遍布了一层细小的雨珠，看上去更加水灵清透。荷叶里则是聚集了亮晶晶的雨水，大颗的珍珠一般。有小半的荷花已经全开了，大半还在含苞。有蜻蜓亭亭停在荷苞上。也有花开过了，荷瓣洒落在荷塘里，露出嫩黄色的小莲蓬，如小鸡雏的颜色一般。

忽然想起《浮生六记》里芸娘在夏日制作的荷花茶："夏月荷花初开时，晚含而晓放。芸用小纱囊撮茶叶少许，置花心。明早取出，烹天泉水泡之，香韵尤绝。"心中不禁一动，等有时间得试试也做下荷花茶看看，主要是体验这份古典的雅趣。

现在学生们大都已经放假了。荷花池十分安静，只有一位老人在池心亭里面垂钓。也许是学校的老教授吧。

围着荷花池慢慢地走了一圈儿。乌蔹莓绽出了星星点点的小黄花，垂序商陆则是绽着头状花序的小白花，夹竹桃蘸水而开，但开得并不旺盛，盛花期已经过了吧。同样蘸水的还有五六层楼房高的高大枫杨与二球悬铃木。枫杨枝干上垂下串串青绿色的小翅果，风铃一般在风中摇摇曳曳，悬铃木上也挂满了褐色的小果球。

忽然眼前一亮——居然是一只毛色鲜亮的小翠鸟，站在我前面不远处，双目炯炯地盯着水面，显然是在狩猎，随时要准备下水捕鱼的。这是我第一次在南校区看到翠鸟，十分惊喜。正悄悄走近，翠鸟显然十分警觉，一个扬翅，便飞箭一般射了出去，掠入荷花丛中，霎时不见踪影。

●○　7 月 17 日

今天真是暴热呀，是为入伏的第一天。入伏了，饮食方面要吃点儿生姜等温热性食品，少吃寒凉食物。附属医院里纷纷在做贴三伏贴的活动了。

这段时间也买了不少丝瓜做汤。碧青甜美的丝瓜汤，喝下去觉得整个人都舒畅了。

　　早上去药植园，忽然看到了小蜡叶间藏着的一枝鸭跖草，举着两瓣蓝莹莹的花瓣，露着几根白丝黄顶的纤长花蕊，很引人注目。鸭跖草其实有三枚花瓣，还有一枚小而洁白的花瓣托在花蕊之下，但是人们格外关注的，便是那两枚蓝色花瓣，也是因为那两枚花瓣莹洁如同露水，它被唤作露草，"如露水之精魂"。又因为它的样子像竹叶，它又被唤作淡竹叶。汪曾祺曾这样描述："淡竹叶开浅蓝色小花，如小蝴蝶，很好看。叶片微似竹叶而较柔软。"鸭跖草、露草、淡竹叶，都是好听而雅致的名字。平常植物有一个好听的名字便也足够，它却有三个以上。可见，人们是怎样喜爱这种平凡而美丽的小草花呀！

　　于是便格外留心去找鸭跖草，结果又找到了两株。鸭跖草真是不多呢，不像有些小花，一开便是蓬蓬勃勃的一大捧。鸭跖草总是安安静静的，不事喧哗，它也不喜欢成群结队，是安于孤独的，有哲思的花。

　　和安静的鸭跖草形成对比的，是嫣然一笑的活泼忽地笑。忽地笑终于开花啦！只开了两朵，但笑得真开心啊。在那枝光溜溜的枝干旁边，还有七八只顶着一个花苞的小枝干。但忽地笑的花通常是一根枝干顶着几朵娇黄色的花，那么就是说在这个花苞里，会绽出好几朵花吗？再过一段时间，忽地笑全开了，风一

吹过来,这里就都是咯咯的笑声了吧。

紫薇花现在是药植园的主旋律花了。各种颜色的紫薇花,淡红的,深红的,深紫,浅紫的,银白的,都在竞相开放。蜜蜂围绕着紫薇花打着转转。紫薇花的花颜色虽然鲜丽,却不刺目,有一种柔和婉约的感觉,是很女性的花。近距离把紫薇花摄入镜头,花瓣儿也是如云似霞,那金灿灿的花蕊,就是投洒到云霞上的晨光了。

还看见了一朵倔强的朱顶红,朱顶红不是早谢了吗?怎么又开了。只有这么一朵,孤零零地美丽着,似乎不肯老去。同样不肯老去的还有紫藤花,只有那么几束淡紫色花还挂在紫藤门廊上,开得也不如四月份的时候丰润鲜妍。

水柳与同是千屈菜科的萼距花依然精神抖擞地开着紫红色小花,美人蕉的花也开了有二十几朵了。凌霄花在烈日下也是气定神闲,开得越来越多了,长廊上垂下一串串嫣红的花。走过去,被一只专心采蜜受到打搅的小蜜蜂吓了一跳,它也被我吓了一跳,赶紧飞走了。再细看,凌霄花管状的花心里爬着不少蚂蚁,花瓣上也是的。凌霄花很招蚂蚁,不知道是不是花蜜很甜的缘故。

药植园的角落里还有垂序商陆和打碗花悄悄地开着。垂序商陆有的花已经谢了,结出了青青的小果子,但有的花仍然是高高兴兴地开着,"苔花如米小,也学牡丹开。"

●○　7月21日

早上六点半出来,已经亮堂堂的了。估计是四点多就天亮了,因为五点多起来的时候,已经看到太阳亮汪汪地斜照在楼房上了。走上五分钟路,便汗涔涔的了。

路上又看到了早安花、紫竹梅、夹竹桃、打碗花、狗尾花。这些花,是会陪伴一夏的。见到一对儿小鸟在一棵枝叶繁茂浓密的香樟树上亲热,它们彼此帮助对方细细梳理羽毛,然后一起唱起清脆的歌来。悠悠夏日,温馨宁静小时光。

今天起这么早,是为了去中南大学新校区图书馆查找资料。结果路上邂逅了玉带湖里的天鹅群,实在可爱。最开始只有几只白天鹅和黑天鹅,现在应该有二十多只了吧。早上,天鹅一家老小都出来到玉带湖里遛弯儿了,如大大小小的白莲花、黑莲花,轻盈地浮在水面之上。

　　有一只刚孵化不久的毛茸茸小天鹅,学着父母在岸边用喙梳理羽毛,梳着梳着就在晨光中惬意地睡着了,蜷成软软的一团。把人的心都萌化了。两只大天鹅护卫在它的身边,继续梳理着羽毛。它的安心踏实,自然是因为有父母作为它的守护神的缘故。

　　还看到五六只调皮的小麻雀,站在天鹅食盆那里偷吃天鹅的饲料,吃得高高兴兴的。天鹅则不在意地在水里啄着水草和小鱼,它想自己再吃点儿新鲜菜品吧。

　　新校区也是紫薇花开得多,淡红、深紫的,都有。玉带河边还有一丛一丛的一年蓬,奇怪,这里的一年蓬怎么比中医药大学的要小上几号呢?是水土不同的原因吗? 这里的白车轴草也开着,同样比中医药大学的小上几号,是品种不同吗?

　　回来的路上,看到工业职院校门外的木芙蓉树上开了几朵芙蓉花,也只有那么几朵。芙蓉花六月份就曾看到,在中医药大学校园内,但是只有两朵,便不见再开了。现在七月底了,又有几朵渴望绽放的芙蓉花捷足先登。真是安徒生笔下的"夏日痴"啊。只是为它担心,不知道它娇嫩的花瓣能不能抵挡得住这暴烈的太阳呢。

大暑
DASHU
最热的一天
大暑前后，衣裳溻透。
ZUIREDEYITIAN

●○　7月23日

今天是大暑节气。是全年的第十二个节气，也是夏季的最后一个节气。大暑三候：一候腐草为萤；二候土润溽暑；三候大雨时行。大暑时萤火虫卵化而出，古人以为是腐草化成的。这时去乡下，夜晚应该是萤火点点，宛若满天星光了。大暑之后，土壤也会变得潮湿，像长沙这种地方则会更加湿热，不过，同时也会有大雨出现，缓解一下暑热。

这时各地的气候灾害也最为频繁，因此大暑之后，最好待在家里，安心歇伏。

据说大暑时是全年气温最高的一天，但因为受台风影响，昨天下午就开始阴天，倒显得没那么热了。今天早上出来，八九点了也还没有明晃晃的太阳，天清润润，有微风，也没有下雨前的闷热。

前几天去药植园的时候，忽地笑只开了一枝花，枝上两朵对生的金灿灿花，其他都是火炬状的花苞。今天早上去药植园的时候，却发现那含苞的忽地笑花全都开了。一枝花秆顶端，有生两朵花的，也有生三四朵花的，金黄色的花，长长的雄蕊伸出于花被外，如烟火一般灿然好看。花越多的花枝，就越笑得晶莹瓦亮。怪不得忽地笑有个别名叫作金灯花，真的是很像一枝擎着亮晶晶的金色灯的花呀。

感觉今年开的忽地笑花比去年要多，去年就开了七八枝，今年却有十几枝的样子。忽地笑这种美貌的花，自然是多多益善，是可以把药植园点亮的美貌花。

忽然想起，桃子湖那里的曼珠沙华也开了吧。忽地笑是黄花石蒜，曼珠沙华是红花石蒜，算是双生的姐妹，虽然个性大不一样，忽地笑爽朗轻盈，能一眼看到底，曼珠沙华则是神秘蛊惑，仿佛怀抱着很多故事。查了下去年发的微博，发现是九月底在桃子湖拍到的曼珠沙华，哦，那还要晚两个月的。

那一丛豹纹花纹的射干花也开了七八朵，却有几十朵含苞，再等上一段时间，射干花便会在药植园里摇曳了。射干花很有趣，单看一朵，是妩媚型的花，如果摘下来带回去放在花瓶里定会媚态横生的，但是一大丛高高瘦瘦的花轻轻摇曳在风里，却有小清新之感，如同早春的蝴蝶花一般。不过，它本来和蝴蝶花就都是鸢尾科的，容貌上大不一样，气质上却有相似之处，生物界真是奇妙。

射干旁的孔雀草也开了一大丛，但是因为花很小，花枝也只有一根筷子那么高，因此不大显眼，射干有近一人高呢。但孔雀草是鲜艳的金红色，五瓣短短圆圆的花瓣自带萌感，倒也不容易忽视。

美女樱旁的半边莲开了好多了，星星点点的，花跟萼距花差不多大，纯白色的，淡水红色的，都有。百日菊也开了很多了，跟射干一样高高瘦瘦的，但没射干高。

今天还有惊讶的事情，就是看到山栀子又开花了，我记得第一次开花是在初夏，四五月间，结果今天又开花了，前几天来还没注意到它含苞。也就开了五六

朵,香气袭人,但似乎没有第一次开花的时候香。我伸手摸了摸栀子花的花瓣,真是特别喜欢摸栀子花,跟婴儿肌肤一般娇嫩。看看药植园里其他的小叶栀子,大叶栀子,并没有开花。不知道山栀子是不是属于一年开两次花,跟金银花、金橘花一样。

还看到了淡紫色的菊科植物马兰花,三四朵,零星散乱着。

柚子、酸橙、金橘都结了青青的果,柚子小皮球大,酸橙高尔夫球大,金橘指头大,长得又很像,跟三姐妹一样。它们的花也是很像的,这样对照看起来很是有趣。

●○ 7月24日

今天傍晚,忽然天阴了下来,雷声隐隐。过了一会儿,便下起瓢泼大雨来,拉开窗帘一看,简直不是雨丝,是雨鞭了,又急又粗。天地间一片白茫茫。

夏日的雨真是粗暴呀,一点儿也比不得春天的温柔,也比不过春天的绵长。只下了一小会儿,雨便停了。朋友圈纷纷秀起拍到的彩虹。我从窗边看,没有看到彩虹,但也懒得特意下去看了。

●○　7月25日

以为昨天下了雨,今天温度会低一点儿,结果早上六点醒来,看窗外又是亮堂堂的。还是酷热难当。

看到白居易一首《销暑》:"何以销烦暑,端居一院中。眼前无长物,窗下有清风。热散由心静,凉生为室空。此时身自得,难更与人同。"默念着"窗下有清风""热散由心静"句,果然觉得窗边有细细的风吹进来——但是这风是热的!哎,还是只能开空调了。

●○　7月28日

早上起得很早,六点半就跟先生出发去主校区。早上又是亮堂堂的,长沙已经连续高温近二十天了,也就中途下了一晚的雨而已。

主校区进门的林荫道上,主要是栾树和广玉兰。栾树生得高大,枝叶也繁茂,遮挡住了强烈的日光,走进去只觉一阵清凉,暑意顿消。仰头看栾树叶端已经结了头状花序,栾树也在孕育花苞了。到了九月,就该是一地细小金黄的栾树花了。那是栾树最美的时候。

观云池前的龙爪槐开花了,雪白的,一串串的。但大部分龙爪槐的花已经开过了,只留下光秃秃的花枝,还有几棵正在花期。大约太热了,也没有见到蜜蜂来。

观云池两边的林荫道就都是高大的香樟树了,生得比进门那边的栾树更为高大,一望过去,满眼皆绿,心里忽然很舒服了。想起在中南读书的时候,春日里下了场雨,走在这林荫道里,风吹过来,仿佛是绿色的绸缎。

暑假的中南,很静谧,行人很少,大多是留校准备考研的学生。我们往西苑花圃里走去,一路上又看到了各种紫薇。现在中南里面,就是紫薇和睡莲各领风骚了吧,不过没有往睡莲池边去看,睡莲池跟西苑是两个方向。

西苑也没有什么花开,只是开了几朵大红色的月季,更多的是绿意葱茏。西苑最显眼的树自然是垂柳,依依柳条轻柔地围绕着一池碧水,真是温柔如水的一个花圃呀。碧水里也是一群天鹅,有八九只。这天鹅不知道是不是新校区玉带湖那边天鹅的亲戚呢,西苑之前是没有天鹅的。

校园里的天鹅见惯了人，因此并不怕人，还有点儿喜欢人。我往池边的石头上一坐，一群黑天鹅就排着整齐的队依次向我游来，游到我身边之后，就散成一群浮在岸边，眼巴巴地看着我。我猜想它们是以为我带面包或者饼干来喂它们了，但不巧我什么都没带。天鹅等了我一阵，发现我真是口袋空空，便又排着队扬长而去，游到对面的树荫下乘凉了。

● ○　7月29日

居然发现了车库门口那里的晚饭花！应该是物业最近栽的，以前没有看到过。这下十分欢喜！

好亲切的花朵！幼时楼下的小花园随处可见晚饭花，紫红色的小喇叭一般，女孩子喜欢采了来戴在自己头上。它的花茎实在是很柔软，有时在头发里夹不住，就滚落到肩膀上了。

晚饭花又叫作紫茉莉，它实际上跟茉莉花并没有什么亲属关系。虽然叫了紫茉莉，但它有各种各样的颜色，白色、黄色、粉色、紫色，都有。当然最多的还是紫色。我也是最喜欢紫红色,不愿接受其他颜色的晚饭花,觉得那都不是晚饭花了。

我是早上遇到晚饭花的,大多数紫红色的花都还在酣睡着,都是花苞儿,只有几朵花打开了,探出细长的花蕊,和记忆中的一模一样呀。我的小花,是你又来找我了吗?

晚饭花大多是傍晚时分开放,所以要傍晚时分才能看到一大丛一大丛大开着的花朵,热热闹闹的,那么傍晚时分再过来吧。

●○ 7月30日

今天早上起来,也是六点多,但外面并没有亮汪汪的晨光了,虽然也是天亮了。早上出来,风也吹得似乎比往日要来得凉爽,难道是因为立秋了?真的是一夜入秋吗?

小区里的紫薇花差不多是前日和昨日开的,比药植园里的晚了一两个星期,应该还不止。物候真是奇妙:人间四月芳菲尽,山寺桃花始盛开。这是药植园里紫薇尽,小区紫薇方盛开啊。其实相距也就两站车而已,物候却有不同了。

小区的木槿花却开得不如之前繁茂了,木槿本来就是夏日无穷花,夏日已逝,木槿也就要谢幕了。

晚上回来,看到缠绕在海桐上的打碗花也合成了一个长花筒。原来打碗花晚上也是要休息的,以前倒没注意过。牵牛花朝开暮合,因此被称为"朝颜",这个我是知道的。忽然想起,好久都没见过牵牛花了。

四时花事
SISHIHUASHI

BAYUE

江南自然笔记

八月

愿时光不负努力
七月流火
八月未央

立秋：一夜新凉
处暑：秋意渐浓

这几日总是上午出太阳,日光强烈,仍旧是烧烤模式,但每天下午都会雷声隐隐,然后下起大雨。大概下一两个钟头,就停了,但还是凉爽不少。

今天凌晨又下雨了,早上起来的时候,雨已经停了,就看到路上湿漉漉的。去药植园,药植园里的花草上也都湿漉漉的,紫薇花的轻盈颜色被打湿,倒显得越发灵气了,水汪汪的好看。药植园靠木栅栏那块儿,开了一排的白木槿花,白木槿花见得少,小区里只有一株,见得多的是红色重瓣的和紫色单瓣的。但白色木槿花真好看呢,冰肌玉骨,给人以清凉之感。不由得想起苏轼的《洞仙歌》来:"冰肌玉骨,自清凉无汗。水殿风来暗香满。绣帘开、一点明月窥人,人未寝、欹枕钗横鬓乱。"可惜木槿花不香,要不然,冰肌玉骨,又暗香浮动,当是倾城美人了,更令人心旌摇曳。

桔梗花开了好几枝,雨后,这五角星紫色花颜色显得更浓郁了,花心里还汪着一捧水,如小女孩的含露目。这大开着的花下面还有一个正含苞的,鼓鼓囊囊的,特别可爱,怪不得又叫僧帽花,那含苞的桔梗花,的确像个胖胖的小帽子。

风雨兰不消说了,韭莲和葱莲,都开满了。酡红色的韭莲尤其开得高兴,跟喝醉了酒似的,花瓣上晶莹剔透的雨珠兀自滚动着。紫藤长廊上垂下一串串凌霄花,比先前又多了很多。紫藤花依旧只开了几串,开得温文寂静,地上坠着几枚淡紫色花瓣。

六月底射干花只开了零星几朵,现在则是一大丛花笑嘻嘻地在风中摇曳了。瘦瘦高高的花,身姿甚是窈窕。一大片的蜡黄色花,花瓣上雨滴未干,好梦幻的感觉。

六月雪晶莹剔透,树下是山麦冬的白色小花与紫色小花。

●○ 8月5日

晚上雷声大作,七八点的样子便下起大雨来。雨声中灯下看书,最觉安宁惬意。

看明代文震亨《长物志》,看到"花木"章节,这是阐述他的园艺观点了,其中说:"草木不可繁杂,随处植之,取其四时不断,皆入图画。"各种花木的种植也是有讲究的,"又如桃、李不可植庭除,似宜远望";"红梅、绛桃,俱供以点缀林中,不宜多植";"梅生山中,有苔藓者,移植药栏,最古。"牡丹、芍药,"栽植赏玩,不可毫涉酸气。用文石为栏,参差数级,以次列种",芙蓉则是"宜植池岸,临水为佳;若他处植之,绝无丰致"。芙蓉的确临水栽种最见其风致。

忽然期起芙蓉花来,还要等上一两个月芙蓉花才真正开放呢。岳麓山上穿石坡湖那里的芙蓉花的确是临水而种的,看着比其他地方的芙蓉花更为美貌。花也是要讲究适合它气质的环境的。

●○ 8月6日

慢慢地有了秋天的感觉了,今早出来,觉得很是凉爽,确实也是很快就要立秋了呀。一直到中午,才觉得热起来,但空调已经不用开了。前些天不开空调就满身汗,电风扇吹的也是热风。

早上看见假山那里四五朵水红色的早安花,高高兴兴地,如手拉着手一起玩耍的小女孩。旁边的紫竹梅的深紫色叶子里也绽出好几朵淡紫色的新鲜花朵来。前些日子,实在是太热,早安花和紫竹梅才开了一两朵就被过于热烈的天气

给吓回去了,蛰伏了好些天。现在该是花可以出来的时候了。

　　栏杆上攀缘的小朵打碗花,好清淡娇美的感觉。觉得好久没见过同为喇叭花的牵牛花了,牵牛花的美远在打碗花之上呢。上次看到牵牛花还是在北大校园里,那蓝紫色的牵牛花美得像婴儿的梦境。

　　路上看到几枚桂子大小的金黄色栾花,花心嫣红一点,甚是娇艳。仰头一看,栾树居然现在就挂果了,几串微红的灯笼果。

　　海桐的小青果有豌豆大小了。

立秋
LIQIU
一夜新凉
一场秋雨一场寒,十场秋雨要穿棉。
YIYEXINLIANG

●○　8月7日

路上见到花坛里,开了一丛鸭跖草,有八九朵花吧,枝叶柔软袅娜,如不胜风。平日里见鸭跖草,不过在树下草丛见到一两朵,很少见到这么多呢。鸭跖草总是淡静的样子。

今日立秋,立秋三候:"初候凉风至,二候白露降,三候寒蝉鸣",但阳光又是光艳明亮的。就昨天比较有立秋气息,难得的清凉之意,可谓一枕新凉一扇风。默默想起关于秋天的一些诗句"一声梧叶一声秋,一点芭蕉一点愁","睡起秋声无觅处,满阶梧叶月明中","秋风吹雨过南楼,一夜新凉是立秋"。前几日去药植园,还看到了山楂金黄色的落叶,还有明黄色的梧桐叶。明日去药植园可以专门看看落叶了,一叶而知秋。

但其实,炎热天气并未真正结束。立秋之后的第一个庚日才是末伏,再过10天才正式出伏,一年中最热的三伏天才正式结束。还得热上一段时间才会有真正的清凉日呢。

立秋还有啃秋的习俗,可以买个大西瓜来吃了。

●○　8月8日

六月份就看到宿舍楼下的芙蓉花孤零零开了几朵,七月份附近工业职院前面的芙蓉花也开了好些。药植园的芙蓉树的叶子黄了好几片了,但芙蓉花一朵都没开,看来绝大多数芙蓉花是一定要等到仲秋、深秋再开了。

芙蓉花的花容,比木槿更美,毕竟木槿是小灌木,花朵也娇小,如小孩子的拳头,芙蓉花的花盘却有成人手掌那么大,花容也是粉嫩中透出晕红,因此把芙蓉比作美人面,真是太贴切。等不及想看芙蓉花了。现在夏日已逝,木槿花渐渐也开得少了,不像之前那样兴高采烈地摆出一副"夏日无穷花"无穷无尽的蓬勃感来了。大约它自己心里也明白,渐渐到了退场的时候。

野山楂树的叶子也黄了好些,和芙蓉花也是手掌大小的叶子比起来,山楂叶要小很多,好像是某种小兽的爪那么大,但是叶子黄得很明亮,似乎比梧桐叶还凉上几分,十分好看。山楂果还没看到,曾在花友微博上见过红得晶莹剔透的山楂果,一直向往之。

今天去药植园特意穿了长裙。每次到了药植园都是喂蚊子，涂上清凉油也不大管用，穿长袖长裤未免太热，就只好赶紧看完花后出来。药植园里暑假少人去，因此蚊子见到人就不顾一切往上扑。那天我在看木槿花，木槿花实在好看，不禁停在花前多看了几眼，结果觉得腿上微微刺痛，一低头，四五只蚊子兴奋地围着我的腿打转，赶紧拍打蚊子，虽然打死了几只蚊子，但腿上迅速肿起十四五个包包……初秋蚊子还是多的，还要过些天才没蚊子了。

今天蚊子咬不到腿，就咬脚了，还好，脚上就被咬了两三个包包。

●○　8 月 10 日

秋天的感觉越来越明晰了，早上起来，仰天看晕，只觉天高云淡，阳光也不那么灼人，不带伞也敢在太阳下走了，不像夏天的时候，太阳真的晒得身上痛。

傍晚出来散步，只觉天空很是奇妙，西边的太阳刚刚落山，一片璀璨霞光正在淡去，而东边则是乌云密布，水墨淋漓。而且乌云正在向西边蔓延，仿佛水墨落在宣纸上缓缓浸润开来。驻足看着乌云在十几分钟之间游走了整个天空，遮蔽了霞光夕照，感觉仿佛看了一部大片。

同时，只觉身边开始风声大作，路边的杜英树和香樟树都被吹得枝叶籁籁不止，感到快要下雨了。正心念一动，就有清凉雨丝飘到身上，于是赶紧往回走，走到一半，雨下大了，噼里啪啦的又是如鞭子一般，天地间昏昏沉沉，什么也看不清，一抬头，眼睛就被雨水蒙住了。等跑到家里，已经淋了个透湿，赶紧洗澡洗头换衣服。

这雨只持续了一个多小时，但这一个多小时里，真是天色如墨，狂风骤雨。到了八点多，雨渐渐停了。我被雨淋得有点儿不舒服，倒了杯热水在床头，就歪在床上看书。正看到朱淑真一首小诗《初秋雨晴》："雨后风凉暑气收，庭梧叶叶报初秋。浮云尽逐黄昏去，楼角新蟾挂玉钩。"只觉心如荷花开。

●○　8 月 11 日

昨天淋了雨，今早起来，便有点儿咽喉肿痛，头疼胸闷的症状，大约是湿寒入侵。于是，含了一颗枇杷糖，又刮了下痧。

依然觉得咽喉不畅。秋天干燥,灰尘也多,再加上受了凉,很容易生病。要不做点儿冰糖炖雪梨或者冰糖银耳汤来润燥吧。

莲子现在还有青嫩的,但不少已经老得难以入口了,买得就少了。现在买得多的水果是西瓜、桃子、青提和葡萄。晚上还买了马齿苋,滑爽酸辣,吃起来心里很舒服。

●○　8月12日

今天周日,又去了中南大学。暑假里几次去中南大学,本来是要穿过校园爬岳麓山,但是天实在太热,逛完校园已经汗流浃背,不敢再往山上走了。今天也一样,等凉快一点儿再去爬山。

主校区进门口那里的栾树都开花了,金灿灿的小花密密挤满树枝,如同金雪落满枝头。单看每朵花也很好看,明黄色的花朵,细长的花蕊,花心一点红极娇俏的感觉,如同小女孩额上的一星胭脂。也有已经挂上灯笼果的枝干,灯笼果还青青的,微带一抹水红色。栾树的叶子里,也有变成黄色的了。栾树的秋叶也是蛮好看的,羽状的,不萎靡的柠檬黄色。

观云池的龙爪槐还在开花,我上次来的时候就看见槐花了,没想到现在还在花期呢,比上次开的还多。蜜蜂依然嗡嗡地围着槐花采蜜,雪白槐花花心是嫩黄色,如嫩嫩的莲心一般,忍不住也想吃下了。

走到睡莲池边,却没看到睡莲,只看到垂柳依依,睡莲池边开了几朵嫣红的月季。星园那里的大桂花树下不知道什么时候种了好些八角金盘,还小小嫩嫩的样子。构树一边在变黄,一边在长嫩叶,毛茸茸的小嫩叶像是某种小昆虫,很可爱。

中南主校区林荫道的大树,多是百年以上的老树,树枝繁茂交错,因此走在里面并不觉得晒,只觉得荫凉。但今天体感温度还是很高的,走了一圈儿,已经汗津津的了。

●○　8月13日

今天早上出来,看到小区栅栏上攀缘着绿色植物,仔细一看,似乎是丝瓜,想起前一阵子的确有见过金灿灿的丝瓜花。但是忽然又想起来,整整一个暑假

没有见到三叶裂薯，去年还见到了，淡紫色的旋花科植物，小小几朵花，清丽可人模样。大约是被管理员清理了吧。三叶裂薯虽然有着一副清纯无辜的美貌，却也是生命力强大的入侵植物。

紫荆的叶子有好些变黄了，但是却也长出了嫩嫩的新叶，心形的小叶子特别可爱，又仿佛春天时初长叶的感觉了。看到海桐叶在长新叶，新绿的新叶与暗绿的老叶辉映。樱花的叶子也有几枚变黄了，樱花的黄叶不同于梧桐叶和山楂叶的明黄色，带有淡淡的橘红色，很沉静的样子。等到深秋里，樱花树一树橘红浅黄，倒也华美绚烂，虽然说"当华美的叶片落尽，生命的脉络才历历可见"，但真是爱这些华美的叶片呀。没有绚烂的辉煌，何来平淡的沉淀。

●○ **8月14日**

校园里的银杏叶已经渐渐变黄了，现在还不是深秋里的那种明黄色，而是介于绿色和黄色之间的那种过度颜色，也是十分好看的。已经有银杏叶纷纷飘落了。

忍不住戴上耳机，放《亚麻色头发的少女》的钢琴曲给自己听。初秋的天气，最适合听这种带一点儿惆怅，又明亮晶莹的曲子了。

●○　8月16日

走到路上，地上已经掉落了一些青青的香樟果，仰头一看，发现香樟树也在长新叶了，嫩嫩的青碧新叶衬着墨绿的老叶，泾渭分明，仿佛开了一树青青的花一般。香樟树不远处的小蜡也是的，新叶清脆，老叶厚重。

原来秋天里一些树还要长新叶的。上次我还看到小区里的紫荆树又袒露了嫩嫩的心形新叶，同时还举着一树的豆荚。老树发新芽，不知怎的，有点儿呆呆怯怯的萌感，不像初春时那种意气风发和理直气壮，但颜色是与初春时一样娇嫩的。

今天阳光温淡，傍晚太阳落下之后的云层颜色格外好看，是瑰紫色的，如同紫罗兰花瓣的颜色。

晚上看书，看到了一首令人心动的小诗，是芬兰诗人瑟德格兰的《一个愿望》："在这个阳光的世界里，/我只需要花园的一张长椅/和晒着太阳的猫……/我将坐在那里，/怀里揣着一封短信，/一封很短很短的信。/这就是我的梦。"

●○　8月17日

昨夜并没有下雨，但却有"一夜雨声凉到梦"的清凉感。早上起来也觉得非常凉快，抬头一看是厚厚云层，然而并没有下雨的意思，大概是个阴天了。走在长长的过道里，也是一阵又一阵的小凉风，再不是夏天那种带着火星的烧烤风了。

药植园里，仍然看到了不愿老去的少女心——紫藤花，孤零零的几串，悬在紫藤长廊下，微微倦怠的样子。还记得四月的紫藤长廊，是何等的鲜妍明媚，连香气也带了几分梦幻。在它身边，还有一串深红色的亮叶崖豆藤花，同样是不愿老去的心呀。而在不远处，风华正茂的凌霄花仍然开得如火如荼，灼灼其华，衬托得紫薇花和亮叶崖豆藤越发黯淡，毕竟不是它们的花季了呀。

十几朵忽地笑谢了大半，只有几朵在招摇了。光溜溜的枝干，顶着粲然的花，亭亭立着，越发像细腰削肩的美人了。在忽地笑旁边不远处，又看见了两朵淡红色的花，跟忽地笑长得一模一样，只是颜色不同，倒叫我疑惑了，这也是忽地笑？忽地笑又叫黄花石蒜、金灯花，按理说是金黄色的呀。红花石蒜就是彼岸

花,长得跟忽地笑相似,但要高大得多,变种也似乎只有白色的。下次要去问问药学院的老师了,姑且先把它看作忽地笑吧。淡红色的忽地笑不如金黄色的忽地笑笑得灿烂,仿佛是矜持地用帕子掩了小口偷笑一般。

桔梗花开得越发多了。想拿个画笔把它画下来,桔梗花真是极好入画的花。金鸡菊也剩了几朵,不是春夏时的一大丛了,但依然开得精神抖擞。白色的木槿花开得越发冰肌玉骨,也越发多了,和紫薇花一样,紫薇花也还是粲然着呢。美人蕉只有一两朵还闪烁在宽大的长叶上。

今天看到无花果了!好不容易看到了,在宽大的叶子下面,一枚也只有指头大小的青果子。想起早春的时候,看到无花果的叶子,青青翠翠的,如汪了一小管水一般,如今是如成年男子的手掌一般大了,颜色也变成了深绿色。如今药植园里最招眼的果子该是柚子了,已经有平常卖的柚子那么大了,只是还是青色的,沉甸甸地压弯了柚子树。

●○　8 月 20 日

去小东江和蔡伦竹海游玩了三日。小东江上见渔夫撒网,拍了张照,定焦却不小心定在水边竹子上了。江水碧绿清澈,水边竹林清秀挺拔,漫步其中,很有氧吧的感觉。

　　纽扣大小的石竹花,在长沙也见得多,但是在东江湖畔,色彩异常缤纷。有通体火红的、有中心玫红色边缘雪白色的、有中心紫红色边缘淡红色的,每种颜色都鲜亮得很。

　　蔡伦竹海是漫山遍野的竹子,满目青碧之色,看上去特别的清爽。天又高远而蓝,蓝天青山,再加上山下的碧水,真有世外桃源之感。这里游客并不多,因而非常的安静。我记得上次看到竹海,还是在君山,但这儿的竹子更多,据说是亚洲最大的竹林。竹林含氧量比一般树林要高出不少,因此比东江湖更有氧吧的感觉,身体都觉得轻盈了。

　　吃饭是在山里吃的柴火饭,竹笋脆嫩可口。靠山吃山,靠水吃水,来了蔡伦竹海就吃新鲜竹笋,来了东江就吃肉质鲜美的东江鱼。

　　山下紫薇花随处可见,意外遇到一株少女粉的紫薇花,这种颜色在长沙还没见过,特别清新的那种,颜色娇俏可爱。想起有一种茶花也是这种少女粉的颜色。

　　还遇见一株黄花树,是为黄花决明,金灿灿的就如同一个个小小的太阳,满目明媚。不过在这棵黄花树上,不巧遇见了一对柔情蜜意的瓢虫夫妇正在亲热。黄花树上谈恋爱,也算是浪漫得紧了。

处暑 CHUSHU

秋意渐浓

农时节令到处暑,早秋作物陆续熟。

QIUYIJIANNONG

●○　**8 月 23 日**

今日处暑，是"离离暑云散，袅袅凉风起"的节气。但这几日长沙又恢复了高温天气，只是不像之前那样火辣辣的了，夜晚也觉得凉爽。处暑三候：一候鹰乃祭鸟；二候天地始肃；三候禾乃登。处暑之后，就正式出伏了。暑气即止，秋意渐浓。也到了五谷丰登的时候了，"处暑满地黄，家家修廪仓"。

回到家乡小城了。一回来就上顶楼去看外婆的绿色庄园，外婆说现在庄园里没什么蔬菜开花，就只有金灿灿的丝瓜花和紫红色的扁豆花，这是见得多的。但还是喜欢看，美丽的花再看也不厌，何况，它们的果实还那么美味呢。

扁豆花是真喜欢，它其实多开在秋天。清代郑板桥就曾有"一庭春雨瓢儿菜，满架秋风扁豆花"之句。清朝藏书家方南塘出门在外，接到家中妻子来信，说院子里的扁豆花开了，他于是写诗一首："编茅已盖床头漏，扁豆初开屋角花。旧布衣裳新米粥，为谁留滞在天涯。"扁豆花是有风味的植物，既有秋思，又有相思。

中午就吃了一碗丝瓜汤，是外婆亲手种的丝瓜，甜丝丝的，跟在长沙买的大棚里种的滋味太不一样了。

去年我回来见到了长春花，故乡小城的小巷人家最爱种此花，仰着脸庞笑，容光焕发。今年回来，家中却没有看到，问细舅妈，细舅妈说长春花是一年生的，冬天里枯萎了之后不会重新发芽。如果要再种就还需要种子，她今年忘了去要种子了。

●○　**8 月 25 日**

今日出伏，但人已经在庐山了。不知道长沙气温如何，是否有明显的秋之凉爽呢？

夜晚睡在庐山山顶，窗户打开，连蚊子也没有，只有凉风习习而至。有秋虫的低吟之声，还有风吹过山林的清朗之声。啊，真爱听这样的声音啊。灵魂都被涤荡得安宁而又沉静。

《庐山恋》里，男女主人公初相遇的那个晚上，女主角对男主角说："我们多站一会儿吧。"静默了半响，女主角又微笑着说："我们再站一会儿吧。"她的声音带点儿慵懒,带点儿娇憨,眼中有幸福的光芒,忽然觉得那个时候的张瑜真是风情万种。

在那么美好的大自然里,身边又是倾心相爱的人,其他话也说不出来,那么,就再站一会儿吧。

●○　8 月 27 日

周末去了庐山,今天回长沙了。庐山上果然是清凉世界。听导游说,庐山只做暑期的旅游,全中国最热的两个月,庐山上却是如同开了空调一般,清爽宜人。

庐山上有花径,花径便是唐代诗人白居易咏《大林寺桃花》的地方。白居易集《游大林寺序》中曾道:"山高地深,时节绝晚,于时孟夏月,如正二月天,山桃始华,涧草犹短,人物风候与平地聚落不同。初到恍然若别造一世界者。因口占绝句云:人间四月芳菲尽,山寺桃花始盛开。长恨春归无觅处,不知转入此中来。"

●○　8 月 28 日

这两天,长沙倒也不热,天阴阴润润的,虽然还是浅秋,但已然凉快了不少。

回来后,看到小区里的栾花已经灿然了。经过时,有细碎的小花悄然飘落到衣上。如果今天拿一本书到栾树下看上一个下午,定是"坐久落花多"了。

昨天下午还是阳光灿烂的,结果今天下午就下起雨来了。并不是夏天那种暴雨,下得斯斯文文,很恬静的样子。不由得想起《搜神记》之《冰纨》里那个纺雨为丝的雨神姑娘:"飘然而至,手持纺络,揽雨成丝,款款移步,从容秀雅,行而络之,翩若惊鸿……"

小区里的一株罗汉松也结果子了,松果非常可爱,是两个圆圆的叠加的小球,上面是青色,下面是红色,像个小葫芦,也像光头小和尚,这也是它的名字里"罗汉"的由来。罗汉松是雌雄异株的植物,只有雌树才会开花结果,因此这株满树彩果的树是雌树,它旁边那棵还是青青碧碧的罗汉松则是雄树了。

●○　8月29日

傍晚，无意中对窗外一望，忍不住又惊艳了。绛紫色的西方天空，还掺杂着玫红色与淡墨色，流光溢彩得如同水晶球折射的光芒一般。赶紧拿了相机拍了下来，却觉得照片实在不如眼前之景来得震撼和美丽。

朱光潜先生《谈美》里说道："美不是联想，不是实用，不是评价，美就是当下的那一刻，慢慢去欣赏。深以为然。"

于是我站在窗边，慢慢地欣赏着，这浅秋夕照的瑰艳。

●○　8月30日

这几日有趣，都是白天出太阳，中午热得像夏天，但仰看天空，却会发现西方天空高远浅蓝，飘着朵朵淡抹的白云，而东方的天空云层却很厚，呈现淡淡的墨色。到了下午，乌云会从东方的天空迅速游走到西方，覆盖整个苍穹，然后就电闪雷鸣，下起雨来。雨不会下太久，很快就天晴了。

天晴之后的清润天气十分舒服，天上的云彩像是大师随手涂抹的水墨画，那水墨还在渐渐浸染开来。西方的天空更像一抹逶迤笔锋，墨色淡淡地沉在笔墨下。路上见到商陆的果子，已经变成紫黑色的浆果了，丰盈可爱的样子，可以给小女孩采下来做胭脂草玩了呢。

路边细长的沿阶草长出了淡紫色的穗状花。忽然想起药植园的山麦冬来，它的花跟沿阶草长得很像，可是叶子却要粗得多了。现在山麦冬的花也已经谢了吧。

四时花事
SISHIHUASHI

JIUYUE

江南自然笔记

九月

褪去夏日炎炎的热烈
温凉静美的秋
即将开始

白露：鸿雁将至
秋分：一场秋雨一场寒

●○　9月1日

今天是九月的第一天,也是暑假的最后一天,但居然又热回了夏天,一早上又是明晃晃的照眼。不是说,九月的第一天,会携来一缕清凉的气息吗。

本来是想早上去药植园的,顶着明晃晃的大太阳,也不敢去了。

先生买回了马奶子和葡萄,妈妈买了玉米。我在路上看到了还有卖莲子的,但是没有买。现在正是吃玉米的好时候,鲜嫩嫩的,满口生香。而莲子大多已经老了,不是当初脆嫩的口味了。

记得去年夏天外婆还酿制了杨梅米酒,但今年回小城,外婆并没有酿了。倒是爸爸从岳阳打来电话说他酿了葡萄酒,下次带到长沙给我们。

看过日本电影《小森林》,少女市子在远离城市的乡村里自给自足,自己种下蔬果,自己采摘,自己做菜,那种吃到自己所种食物的亲切感和满足感,是在外面超市和餐厅里所领会不到的。

忽然想起,药植园里的山栀子的果实应该成熟了吧。《本草纲目》载:"其实染物则赭色。"栀子果还可以用来染色,把果子浸入清水之中,能把水染成鲜黄之色。可以试着用栀子果来染白手帕,染好后的黄手帕颜色柔和耐看,还有着淡淡的栀子香气。

●○　9月2日

今天早上的天空,可以说是像新西兰大草原一般清新纯净了。蓝得如同水洗过的天,一朵一朵羊羔般洁白柔软的云朵,仿佛在安静地吃草,仰头看着,仿佛是在看一个温柔的童话,年轻妈妈讲给两三岁孩子听的童话。

早上去了药植园,美人蕉开了很多,比暑假前还多得多。一丛玉绿色的萱草正半开半放。路过山栀子特意看了一看,啊,居然还是满树洁白如雪的单瓣栀子花,它的花期可以一直长到九月吗?

水红色韭莲花附近,一大片一大片葱莲呈爆盆效果了。在夏天里葱莲见得少,开得也不多,怎么忽然一下开了那么多呢,忽然一下子冒了出来,明亮亮的。

虽然开得多而且密,但葱莲清雅出尘,也不觉热闹。

忽地笑、曼珠沙华依然在开着。凌霄花已经走过了最盛的时候,在紫藤长廊上零星悬着几朵火红小花。

射干花的颜色更浓郁了,蜡黄色带豹纹的花朵竟微微有些泛红,百日草依然娇艳。在射干花和百日草附近,竟发现了几十朵深紫色的牵牛花,瑰美极了——同是喇叭花,牵牛花的花容比打碗花要明艳好几倍呀,一下就把人的眼睛照亮了,果然是有"朝颜"之称的花。因为在药植园里没有可攀附的架子,牵牛花只好攀在其他低矮的植物上,但脸庞天生丽质,叫人一眼难忘。

●○　9月3日

今天又是极热,感觉秋老虎来了,太阳热辣辣的,只上班路上一会儿,背上已经湿漉漉了。

中医药大学的林荫道上种着银杏、香樟和栾树。银杏叶子已经由夏天的青碧色变成了黄绿色,有的叶子也变成了金黄之色。香樟树上的樟果已渐渐变成黑色,路上也落有零星几颗黑色樟果。栾树都已开花,地上都是细碎金黄的柔软小花,红彤彤的灯笼果也开始挂上枝头。

秋意渐浓,校园的色彩也开始丰富起来。此时的绚丽色彩,不同于春日的姹紫嫣红,而是有一种沉淀下来的富丽与丰腴,让人心里觉得心满意足。

席慕蓉说:"生命原是要不断地受伤和不断地复原,世界仍然是一个在温柔地等待着我成熟的果园。"这就是美若童话的秋天了。期待更加浓郁的色彩,更加馥郁的气息。

●○　9 月 4 日

今天又是极热。因为刚开学,又要准备迎新工作,实在是忙忙碌碌,都无暇去药植园了。

路上无意中邂逅了一枝垂下来的栾树枝,因为离我很近的关系,就能清晰看到金雪一般的栾花内刚刚生出的细小粉红的灯笼果,如雏鸟小嘴,特别可爱。之前看到的灯笼果都是青果大小,高高悬在枝头,第一次看到这么娇小可爱的果儿。以前看到过一句话,说所有动物年龄幼小的时候,都是可爱的,其实,所有植物,所有果子年龄幼小的时候,也都是可爱的。

栾花开得多了,地上一层金粉似的落花,连停在树下的车子上也是细密的一层花。看到不慎早坠的小灯笼果,蹲下细看,那颜色比成熟的灯笼果要深,嫩红嫩红的,坠在金色的栾花里,可怜可爱的样子。

紫薇花有的花已经落尽,满树圆圆绿色的紫薇果。还有的花仍然一树轻烟淡雾般的浓紫浅粉。忽然想起,早上经过小区楼下的时候,看到一排木槿花仍然是开满了粉红花,看来夏季无穷花的勃勃生机要一直延续到浅秋了。

●○　9 月 5 日

今天天空是淡蓝色,云朵的颜色也很淡。真是天高云淡的感觉。

出来得比较早,因此就走得比较慢。路上仍是栾花灿烂,静静地站在栾树下,看到细碎栾花一朵又一朵轻软坠下,心里觉得很惬意。王维诗云"人闲桂花落",其实也可以说是"人闲栾花落"呀。每天看栾花,看也看不厌。栾花也是此起彼伏地开放着,八月初就曾看到栾树金光,它的花期应该可以到九月底吧。

慢慢走着，走到银杏树下，忽然看到地上铺了一些已经散落着几颗黄桃色的小果子，难道是银杏果？抬头一看，果然是的，满树小果子。不是所有的银杏树都会挂果，只有雌树才会，雄树还是满树黄绿小扇子。

拣起几枚小果子，托在手里看，觉得有趣。银杏树的果子叫作白果，我以前在外婆家吃过用白果与骨头熬的汤，觉得白果挺好吃的。但白果也分食用和药用两种，药用的就口感微苦，且药用的有毒，不能乱吃。这些白果，是食用的，还是药用的呢？

竟然看到红花檵木又开花了，在叶的尖端吐出丝丝花瓣来，颜色娇艳绝伦。红花檵木是春天里开花呀，难道也是一年开两次的品种？觉得虽然是爱极了草木，但对草木的了解还远远不够呢。以前大学里的专业真应该学生物学或者植物学。

●○　9 月 6 日

这几天忙得很，今天早上特意早点儿出来，去药植园看看。今天的天气便有变化了，天空乌沉沉的，像是要下雨一样，但雨始终没有落下来。

但天气很凉爽,凉风丝丝吹了过来,没有了汗津津、湿漉漉的感觉,整个人通透轻盈起来。温度应该只有二十多度了吧?终于又有秋天的味道了。

药植园里的忽地笑都已经不见了,桔梗花还开着,瞿麦零星几朵。大红色的龙牙花又开了很多,红艳艳的。龙牙草就秀气多了,星星点点的小黄花,缀在柔软的草茎上,药植园里到处都是的,看着觉得小清新,很清爽。

还看到了雪白柔软的狗牙花,狗牙花很有栀子花的冰清雪净之感,因此有些人还把狗牙花当作栀子花,但狗牙花并没有栀子花温婉,却更加含蓄羞涩,花朵都是低着头了,只是那一低头的温柔啊,果然像是不胜凉风的娇羞。心中不由得浮起徐志摩的诗了。

狗牙花的名字很接地气,花却如此清雅素丽。它还有一个颇有诗意的名字,更衬它的气质,马蹄香。"踏花归来马蹄香"。

美人蕉开了有十几朵了,都是柠檬黄带红色斑点,颜色娇艳欲滴。美人蕉旁边有几朵柠檬黄的萱草花微微绽开了花朵,但这萱草花跟之前见的完全不一样,是修长如玉簪的,花朵颜色也极清新。等它再绽开一点儿看看。

射干花开得越发茂盛了,牵牛花也比前日看到的开得更多了,角落里也看到攀缘的牵牛花。水红色的韭莲花都已经枯萎了,取而代之的是雪白的葱莲。连之前树下一丛一丛的韭莲都换作了葱莲。

晚樱树下一地橙黄色的落叶,山楂树的叶子则是金灿灿。无花果的叶子也枯萎了不少,看到宽大叶片下附在茎上的绿色小果子。

柚子、金橘、枣子、山楂都挂果了,但颜色仍然是青涩的。过一段时间,药植园就满是果香了。

●○　9 月 7 日

今天的天空又是乌沉沉的,有时候漏出一小方蓝天,风吹过来,颇感凉爽。

地上已经落了不少成熟的灯笼果了,仰头一看,这棵树上已经是红黄相间,栾花和灯笼果各占据了一半,真是好快啊。再走一段路,有棵栾树是满树都是灯笼果了,只是这灯笼果颜色很淡,淡水红色,有的近乎浅白色了,不像初生的浓水红色,还是初生的灯笼果好看。

这几天的注意力都在栾树上了。今天再看看其他的,才发现校园里仍然有紫薇花、夹竹桃和石榴,只是开得不那么艳了,药植园的白木槿也在开着。

越来越期待芙蓉花了,芙蓉如面柳如眉,也期待着金桂飘香,但都要到十月了吧。

白露
BAILU
鸿雁将至
白露田间和稀泥,红薯一天长一皮。
HONGYANJIANGZHI

●○　9月8日

今天迎新,特别忙碌。昨晚刮起风来,呜呜作响,还担心今天下雨,好在早上起来看,是很清润的天空,凉爽但不阴郁。

今天是白露节气,很喜欢这个节气,有一种晶莹剔透的通透感。蒹葭苍苍,白露为霜。"白露凋花花不残,凉风吹叶叶初干",从白露开始,天气转为凉爽,"白露秋风夜,一夜凉一夜",孟秋已尽,仲秋开始。白露三候:一候鸿雁来,二候玄鸟至,三候群鸟养羞。也就是说,在这个节气之后,大雁自北来,燕子南飞避寒,而白鸟也纷纷储备食物开始准备过冬。

听说在旧时的苏浙地区,到了每年的白露时分,便家家都用糯米、高粱等五谷酿成略带甜味的白露米酒。这样的白露米酒,饮上一口,定会觉得心中如有一脉清泉汩汩流过。白露这个节气,本身也如同一坛子清凉的薄荷醇酒呀。

●○ 9月9日

好久没有爬山了，暑假里太热，都没有去岳麓山，今天虽然也出太阳了，但金灿灿的温暖，并不燥热。于是便带了相机出去。

岳麓山下的中南大学和中医药大学一样，已经是栾树的天下了。栾树已经结满了红艳艳的灯笼果，夹杂在金灿灿的栾花中间，富丽堂皇的感觉。地上一层柔软细密的金色花。

发现科教楼前高高的棕榈树上也是一片灿然的金色，颜色比栾树要浓重，但是不知道那是它的果子还是花。睡莲池边杨柳依依，橙红色、淡黄色睡莲开在一池碧水中，盈盈好看。

爬到岳麓山上，现在岳麓山上仍然是一片葱郁，枫叶也未转红。穿石坡湖畔的芙蓉花未开，蓼花也未开，池杉也是郁郁葱葱，还没有转成橙红之色。想看到特别明丽的秋色，要等到十一月底了吧。

到了穿石坡湖边，见到一丛鸭跖草，有七八朵，蓝莹莹的小蝴蝶一般，伏在石头下面。鸭跖草不远处便是千屈菜，药植园的千屈菜的紫红色花已经谢了，而这儿的千屈菜花更加生动明艳。山野清甜新鲜的空气自然能滋养出更加灵动的植物。还遇到一树淡紫色的木槿，开了有近百朵花吧，临水照影。树下，是一个穿水红衣裙的七八岁小女孩，在舀水玩。她妈妈站在一旁看她，唇角含笑。

先生在路上买了莲子，细细挑选过，还是有清甜的。莲子的季节快要过去了，买了几次莲子，以老的居多。莲子老了之后，口感便不再轻盈生动，莲心也是巨苦，只能入药不宜食用了。当它青春正好的时候，莲心却是莲子里最甜的地方呢。

●○ 9月10日

今天是教师节，却异常忙碌。今天一早起来便收到了很多信息，很感动的是不少毕业多年的学生依然记得我。每年教师节都会收到学生的小卡片，我也都一一仔细收藏，幸福感在这一天如栀子花香般轻柔地满盈了心间。

忽然想到药植园的山栀子，二次开花后一直馥香到九月初，不知道现在结果了没有呢？今天没有时间去看了。

●○　9 月 11 日

天气清凉,偶尔飘下几滴小雨,晚上都不用开风扇了。

走到紫薇花下,见枝上尚有花,但树下淡紫轻红的落花铺了一地。紫薇花跟栾花一样,落在地上,明艳不让枝头,丝毫不觉萎靡。

忽然记起明人郭谏臣的那首《早秋日书舍》:"槐庭日正长,梧院秋偏早。风落紫薇花,满地无人扫。"觉得"无人扫"三字极妙。如此的花,为何要去扫呢,就让它静静落下,静静伤感,静静美丽着。这秋日里的清凉与惆怅,便慢慢地涨满了心扉。

●○　9 月 12 日

早上上班,路过宿舍楼下的时候,不经意地一抬眼,却发现尚显娇艳的红色夹竹桃畔,有一株芙蓉树提前开花了。

芙蓉树上只有两朵花,五瓣花瓣平平舒展,花心伸出一根沾满花粉的花棒。芙蓉花是颜色最动人了,淡淡的粉色,沉静又娇嫩,如同少女朱颜。风吹过来,芙蓉花也是轻颤不止,如含羞带怯。

芙蓉花与木槿花都是锦葵科的花,也都是美貌非凡,可是气质大不一样,芙蓉花便如同大家闺秀,腼腆而矜持,而木槿花便如乡野少女,有一种野性的生动。但芙蓉花便不如木槿花那样上镜,木槿花在镜头里看会比现实中更美更灵动,而芙蓉花入镜则变得呆板拘谨,这是为什么呢,也没有想明白。

不过还是觉得很惊喜,如今芙蓉花也醒来了。再过几天,满树都会是淡粉色的芙蓉花,照亮人的眼眸,也明净这秋日的心情。

下午下班的时候,我特意又经过宿舍楼下去看芙蓉花。芙蓉花却已呈现半开的状态,花瓣收拢了来,颜色也转为了酡红,更为娇艳。我这才想起来,芙蓉花也是朝开暮落的花。而且芙蓉花是会随着一天时间的推移而变色的。我觉得傍晚的芙蓉花颜色是要娇艳过早晨的,早晨是粉黛不施,晚上的妆则是淡淡的。

这跟晚饭花正好是反过来的,晚饭花傍晚的时候开得最为酣畅,热热闹闹的,而早晨的时候还睡眼惺忪,半开或者合拢。

芙蓉花开了,桂花还会远吗? 大闸蟹也快上市了吧。

●○　9 月 13 日

今天早上在药植园还有校园的一些角落转了一圈儿,芙蓉花都没有开。看来,就只有宿舍楼下的芙蓉花开了。

走到宿舍楼下,发现昨天开的那株芙蓉花又开了两朵,但显然不是昨天的花,位置都不一样,虽然鲜妍秀丽一如昨天的花。芙蓉叶子已经有部分是橘黄色了,到时候开花,是葱绿和金黄的叶子,托着一朵朵明艳之花,会将花衬得更加秀美娉婷吧。芙蓉映水而开,最为动人。学校药植园并没有映水而开的芙蓉花,但是岳麓山上穿石坡湖有,花被碧水一映,颜色越发鲜丽。宋代王安石有《木芙蓉》一诗:"水边无数木芙蓉,露染胭脂色未浓。正似美人初醉着,强抬青镜欲妆慵。"将木芙蓉的风情描摹得丝丝入扣。

夜晚在小区里散步,听到秋虫轻柔的唧唧之声。再仰头看着漫天星光,觉得就算人生再琐碎,工作再繁杂,遇到在这样的秋光夜景中,一切烦恼也就都消融了,如几点微雪化入了一泓湖水之中。

今天才发现小区围栏处的三裂叶薯开出了深紫色的小喇叭花,甚是秀丽。记得三裂叶薯去年好像是暑假开花吧,今年却迟了一些。不知道是什么样的原因导致它推迟开花。但开得还不少,大约有二十几朵花吧,点点紫色轻轻闪烁着。

仔细看了下,三裂叶薯花跟晚饭花差不多大,但显得沉静得多。不过,三裂叶薯是种侵略性很强的植物,并不是它外表这样子淡然无公害。

小区围栏处还有业主种了丝瓜,金灿灿的丝瓜花随着栏杆攀缓而上。丝瓜花有一种来自大地的温厚气息,像是丰腴的乡村少妇,不漂亮,但让人感到踏实和人间烟火的温暖。

中午去药植园看了,射干花、百日菊和孔雀草开得越发好看了,成了药植园最耀眼的花朵。但牵牛花都不见了,找来找去都没见到一朵。忽然想起来了,都中午了,牵牛花又名"朝颜",早上四五点就会开放,鲜妍明亮有若晨光。等到了阳光强烈的时候,花便萎谢了。因此中午过来,自然是看不到牵牛花了。

早上在小区里走着,看到地上都是淡水红色的灯笼果,栾花也少了,不像前

几日地上都是密密一层柔软的金黄。抬头一看,栾树上的花已经全谢了,现在都是灯笼果了。

淡粉色的翠芦莉和紫红色的紫竹梅仍在对我微笑,似在道早安。真是喜欢这早安花。给人一天明亮的好心情。

粉扑一般的合欢花居然还在开着,开得还十二分的娇美,枝上还垂下了豆荚般的果子。之前以为合欢花是夏天的花,没想到它能照耀这么久呢。但药植园的山合欢花期很短,开的时候很是好看,跟合欢花几乎一模一样,只是花丝是淡白色,但过了几天花就都谢了。

今天天气又热起来了,太阳明亮。长沙的秋天热起来完全就是夏天,凉下来才感到了真正的秋天。

●○　9 月 16 日

周日,来到洋湖湿地公园。这里的栾树上还是辉煌灿烂,一片金黄,似乎物候流转比学校这边要慢一些。

水边都是芦苇和蒲苇,都开花了。蒲苇开得尤其蓬松,银白色的花穗,看上去犹如毛茸茸的松鼠尾巴。初开不久的蒲苇还带着湿漉漉的青绿色,如同刚钻出蛋壳的鸡雏,而已经开过了的蒲苇则是萎黄色了。芦苇开花比蒲苇要秀气纤瘦,松黄色的花穗,待到花开便成雪白之色。这些清秀的水生植物在风中摇曳着,别有一种清冷之秋的意味。

水边除了芦蒲,更多的是杨柳依依,漾出几分柔情。转一个弯,又看到一大丛萱草,和韭莲差不多大小,但觉得药植园里的萱草要大一些。说实在的,我之前分不大清萱草和金百合,后来请教了药学院的王老师才弄清楚。

路上慢慢走着,忽然看到灌木丛中一簇一簇的亮白色小花,小花比阿拉伯婆婆纳稍大,如同小喇叭花一般,五枚花瓣尖尖可爱,长长花蕊伸出花心。但它们挤得密密匝匝的,不是以单朵小花出现,而是以一个圆圆小花球出现的,可是每朵小花都简净而优美。

我辨认出这种小花是忍冬科六道木属的糯米条,药植园里也有,开出来像微雪落枝头一般。这名字可以说是相当可爱了,雪白花也像是糯米捏成的一般。糯米条的花枝叶根都能入药,功效是祛风除湿,消肿解毒,但它的滋味是苦涩的。一路走过去,都是这种秀气的小花,雅致怡人。

路过樱花树,看到叶子变成了灿然的金红色。小区里的那株普贤象樱花树,叶子也变成了淡金红色,看上去十分的美丽。

●○　9月17日

昨天夜里下了雨,睡得沉了,竟没有听到雨声。早上出来,只见地面湿漉漉的,叶子上也滴着点点水珠。风吹来,又觉得凉爽舒服了。

今天校园里芙蓉花只开了一朵。待到苍苔露冷、花径生寒之时,方才到了芙蓉花的全盛时期。芙蓉品性高洁,只和金桂、秋菊为伍。唐五代诗人黄滔有咏《木芙蓉》一诗:"须到露寒方有态,为经霜裹稍无香。移根若在秦宫里,多少佳人泣晓妆。"便是赞这"拒霜花"的傲骨寒姿的。

●○　9月18日

早上清凉,天空是淡雾色,但到了七点半以后,太阳出来了,便热起来了。然而天不是蓝的,淡灰色,仿佛要下雨似的,比较闷。

坐在窗边,只觉得有凉风从窗边一阵又一阵吹拂了过来。与夏天最大的不同是,秋天就算天热,风吹过来,也是凉爽的。

家庭微信群里,外婆晒出来她所种的整个辣椒植株,上面挂满了红彤彤的小辣椒。辣椒花清淡秀气,辣椒果却是明艳泼辣的。正在上幼儿园的小表弟七坨也颇为喜欢这株辣椒,拿着不肯撒手。

这是一年生的辣椒品种,它的使命已经完成了。明年又要再新播种辣椒的种子,再绽出新鲜的辣椒花,结出新鲜的辣椒果。

●○　9月19日

这几天都热,但天空很漂亮,一抬头,天蓝如海,小朵的云正张着风帆,美得好像是新海诚的动画片。这样的天空,真是让人觉得心神怡爽啊。就这么看着天空,可以安静地看上半天。听天气预报说过两天要变天了,心情有点儿复杂,一方面这么美的天空想多看几天,另一方面又觉得真是盼着凉爽的天呀。

新生在樱花大道和迎宾大道上踢着正步,过两天他们就要举行军训阅兵式了。骄阳似火,青春绽放,听着他们激情昂扬地喊着口号的声音,觉得青春真好。

●○　9 月 20 日

今天早上去了药植园,还不到八点,已经亮汪汪的,走了几步路,就又汗津津了。

秋风吹过,一代新花换旧花了。此时的药植园,凌霄只剩了几簇了。紫薇也是,这娇美的花看上去已经不精神了。射干还是梦幻地摇曳着蜡色的光晕,连花的背影也显得格外文艺。牵牛花已然不见了。牵牛的花期这么短吗?我差不多隔几天就来药植园,牵牛花便只见了一次。雪白清香的狗牙花也不见了,只见到淡紫色的清素马兰花。

现在淡紫色的三叶裂薯爬满了好几个角落了。三叶裂薯酷似牵牛花,但更小巧清丽,如同小婴儿脚上的小铃铛一般大小。之前我在小区围栏上见过,但没见过这么多。在日光下,三叶裂薯的花瓣几近透明,吹弹可破。确实是美貌的小草花。

药植园里还有跟蛇床草长得很像的一簇一簇的花,但花比蛇床草长得更美也更精致,这便是白花败酱草。每次去药植园,总能发现不认识的花草,毕竟这里有四百余种药植呢。读研时居于岳麓山下的中南大学,每日爬山时也是有着惊喜不已的新鲜发现。花园、青山与大海,是我心中的大自然力量之源。

栀子花还在开着,雪花六瓣仍然在闪烁。但已经看到碧青的栀子果了,栀子果果然长得像古代的酒器,外表有棱有角,不像一般的果子平滑光润。再等栀子果成熟了,是不是就可以做染料了。

●○　9 月 21 日

今天真的降温了,早上凉风一阵阵吹着,看着天空,是清灰色,云层厚厚。很宜人的天气啊。

今年的新生真幸运,就热了几天吧,然后阅兵式的时候天气也很舒服。

去阅兵式的路上,在三教楼下看到一株鹅黄色叶子的植物,正开出紫色穗状的小花。那花的颜色很是曼妙,比水柳的颜色要清淡,显得比较轻盈柔美。没有见过这种植物,这是什么呢? 决定晚点问问药学院的老师。

●○　9月22日

中秋节小长假,来到扬州。扬州的秋天还有些热,换上短袖长裙,也感觉汗津津的。长沙到扬州没有直达车,在南京转车,到了扬州已经是晚上了。

随身带了一本董桥的散文作旅途读物。在扬州的酒店安顿下之后,洗去一身疲累,再出来坐在酒店落地窗前,随手翻开一页书,正好读到的是董桥当年在越南小城的读书感受:"越南天热,睡了午觉洗了澡坐在院子里芒果树下读到天黑最舒服。晚饭后卧房小露台很凉爽,夜风习习,花香幽幽,开了灯坐在藤椅上接着读到深宵也写意。"

秋分
QIUFEN
一场秋雨一场寒
秋分秋分,昼夜平分。
YICHANGQIUYUYICHANGHAN

●○　9月23日

昨晚就住在扬州大学附近的酒店里。今早出来,在附近逛了一逛,觉得烟火气息极浓郁,小巷深深,红砖墙壁,窗下还种着花草,仔细看了下,大多是长春花、晚饭花和牵牛花。

有两株长春花开得特别好,精神抖擞,已经有了树的姿态,满树都是紫红色的艳丽花。我们在花旁看了又看,舍不得走。有一位白头发的老大爷,大概是这花的主人吧,很自豪地走到我身边来,说了一大堆扬州话,我听不大懂,大概意思似乎是这花就他这里养得最好,开的花最多。我笑着点点头,老大爷很高兴,又说了一大堆我更加听不懂的话。

走进一个小店,墙壁上画满了翠绿的爬山虎,一碗馄饨只要五元。汤里加了香菜和紫菜,滋味甚是鲜美。

在扬州大学里漫步,最喜欢文学院的感觉,清灰墙面,红木楼梯,光影磊落,也有岁月沉香之感。瘦西湖果然十分秀丽,娇羞脉脉谁与诉,比之西湖又是一番风情。坐在垂柳下,听着水声淙淙,画舫悠悠划过,有船娘唱起了扬州小调,虽然听不懂,但觉得极柔媚动听。

瘦西湖沿岸是各种园林,这里现在最多的花居然是火红的彼岸花,树下水边,都是一丛一丛的红花,光溜溜的枝干顶着美艳修长的丝状卷曲花瓣。行到一处竹林处,旁边便是一大片彼岸花,不少女孩子走进花中拍照。又走到一个园林建筑旁边,这建筑前有一棵大梅树,现在密密结满了淡黄色的小梅子,映着古典式的建筑风格,很是好看。觉得梅花还有蜡梅这种古意盎然的花,要在这些古意

建筑的陪衬下方才凸显其气质。

今天是秋分节气，《春秋繁露·阴阳出入上下篇》中说："秋分者，阴阳相半也，故昼夜均而寒暑平。"秋分之后，就正是"一场秋雨一场寒"，渐渐要步入深秋了。

●○　9 月 24 日

个园，竿竿青欲滴，个个绿生凉。这次只着一袭素裙，便悄然走进了一个中国古典式的梦。觉得到了江南园林，最好是穿汉服或者旗袍，淡淡妆儿，才融得进这样灵秀精致的环境。

这样的精致，是要慢慢走慢慢品味的。之前去过苏州的拙政园，那时刚好是冬天，蜡梅的香气笼罩了整个园林。现在个园里的植物，大多是各种各样的竹子。个园还有个兰苑，兰叶楚楚，但现在兰花还未开放。

低头时，忽然看到一颗小小的红色五角星，是精致小巧的茑萝花，躲在一枚碧绿色的竹叶下面。我其实挺喜欢茑萝花，但是在长沙很少见到，倒是在江南常见呢。之前去安徽黄山以及宏村旅行的时候，也看到过。

今天是中秋节。古代中秋有拜月的习俗，现今便是赏月了。于是夜晚便到扬州大学漫步赏月。扬州果然不愧是月亮城，月儿圆满到十二分，清辉如水，让人的心也通透清灵起来。扬州最佳的赏月之处，是瘦西湖五亭桥，《扬州画舫录》载："每当清风月满之时，每洞各衔一月。金色荡漾，众月争辉，莫可名状。"禁不住神往。

●○　9 月 25 日

刚到长沙，便又觉凉气袭人。原来离开的这四天，长沙又变天了，渐渐秋意浓。路上雨水初干。见到路边种了好些花，是五色梅和秋海棠。五色梅一团团一簇簇像是五颜六色的小绣球，俏皮可爱。秋海棠则是淡红和深红两种颜色，极为娇艳。

回到家里，晚上妈妈做了菱角炒肉。是中秋节妈妈从老家带回来的老菱角，虽然不似夏天里的菱角那样清脆细嫩，但是用来炒菜粉嘟嘟的。

菱角夏天里吃得多，但菱角花却没有见过。《红楼梦》里香菱说："不独菱角花，就连荷叶莲蓬，都是有一股清香的。但他那原不是花香可比，若静日静夜或清早半夜细领略了去,那一股香比花都好闻呢。就连菱角、鸡头、苇叶、芦根得了风露,那一股清香,就令人心神爽快的。"从此就很想见见风露清愁的菱角花,以及这些秀雅清芬的水生植物。

●○ **9月27日**

今天回学校了,路过宿舍楼下,却看到之前开了两朵花的那棵木芙蓉现在已经开了十几朵淡粉色的花了。整棵树容光焕发、明妍耀眼。于是在校园里又转了一圈儿,还是没有其他的芙蓉树开花。秋风里的木芙蓉,这是独一份儿。

现在校园里的灿然栾花已经谢尽了,全都举着红彤彤的灯笼果,多数灯笼果已经转为淡白色,只有一抹水红。地上也落满了灯笼果。

银杏初黄,地上已经落满了圆圆的银杏果和金黄的银杏叶。草丛里的银杏叶颜色沉淀得尤为鲜明,但树上的银杏叶大多还是黄绿色。

晚上在办公楼有个会议,坐了一晚上。会议结束后,走出会场,忽然听见秋虫唧唧之声。侧耳倾听,登时忘记了疲惫与烦忧。慢慢走在路上,低头一看,路边的小草正闪烁着点点亮晶晶的水光,星星一般。这是夜晚的秋露吧。

今天倒是天又晴了，天高云淡。早上去药植园看看，结果发现柠檬黄的萱草花终于全开了，似是身着柠檬黄长裙子的少女怡然微笑一般。

《本草纲目》载：萱草安五脏、利心志、明目。花根均可入药，能祛温利水，除湿通淋，止渴消烦，开胸开膈，令人心平气和，无忧郁。嵇康在《养生论》也宣称："萱草忘忧。"如今看到眼前明媚花，禁不住赞一句：萱草果然忘忧。

之前我以为的萱草花，其实是金百合。这才是真正的萱草花，有一种飘然出尘的气质，明明是最接地气的黄花菜，金百合反而比它更加亲和娇憨一些。想起忘忧草，自然是想起周华健的那首《忘忧草》的歌：

忘忧草　忘了就好

梦里知多少

某天涯海角

某个小岛

某年某月某日某一次拥抱

青青河畔草

静静等天荒地老

有那么一种邈远飘摇的记忆的味道,觉得这歌很衬得起眼前的萱草花。

慢慢走着,忽然眼前又是一亮,一枝枝高高瘦瘦的秋英挺拔而起,颜色是淡得近乎乳白的浅紫淡粉,清雅秀丽。而它身边,同样是高高瘦瘦的射干花也在摇曳着。射干花还没有颓废的趋势,还可以骄傲地闪耀一阵子。

黄蜀葵又开花了,七八朵碗口大小的大黄花挑在长长的枝干上,花心是一只褐色的豹眼,反而有了一种绮丽妖艳的美感,而花瓣又是生动活泼的柠檬黄,真是反差萌。

黄蜀葵旁则开了很多细白花,密密的米粒大小的花瓣,这便是白花败酱。密密簇簇的花,远看便如白云一般,轻轻托在药植园上。

现在药植园里的三裂叶薯越发多了,这些藤蔓植物悄无声息地攀缘上了木栅栏以及其他植物。一只翠凤蝶,悠闲栖息在细白花丛里。我正举起镜头准备拍摄,忽然发现一朵淡紫色的三裂叶薯花悄悄挤进了镜头。原来,它也攀着这细白花呢。

紫藤长廊下还散落着一些深紫色的花瓣,抬头看,开花的并不是紫藤,而是一种不认识的攀缘类植物的花。它的花也不如紫藤柔美秀丽,而是紫色花瓣中心一抹深黄色,显得浓艳诡异。

秋天的花各怀心事,秋风中摇曳着,有了成熟的韵味,却没有春天的鲜妍明媚、无忧无虑呀。

●○　9月29日

今天忙碌,下午下班后下得楼后,忽然一阵风来,一缕甜香,让人精神为之一振,仿佛吃了一颗糖。

这才发现,办公楼下的桂花树不知道什么时候开了。仔细看去,开得还不多,细碎金黄的小花掩映在绿叶后面,大多含着苞,有一些只是微微绽开了一点点。办公楼这边的桂花树,是以金桂、丹桂居多。

学生宿舍楼下,也有不少桂花树,看来晚上他们可以枕着这甜蜜的香气安然入梦了。忽然想起辛弃疾的《清平乐·赋木犀词》来,觉得极生动应景:"月明秋晓,翠盖团团好。碎剪黄金教恁小,都著叶儿遮了。折来休似年时,小窗能有高低。无顿许多香处,只消三两枝儿。"

回到小区之后,也闻到了一阵甜香,不若办公楼的馥郁,但也让人心神舒爽。寻香而去,也是一棵桂树,只是这是四季桂了。

有四五岁的小姑娘在妈妈怀里,伸手要去摘那桂花。我若是小孩,也是禁不起那桂花的甜蜜香气吧。

●○　9月30日

今天早上的天空特别好看,如层层叠叠的鱼鳞,细细密密地铺展了整个天空,雪白云鳞中露出玉一般莹洁的蓝天,看着特别舒服。校园里又看见另一株木芙蓉开花了,只是开的是重瓣的花。

坐在办公室里,玻璃窗打开了一条缝隙,结果从窗缝里细细吹来一缕缕甜香。禁不住抬起头,闭上眼,细细品味。走下办公楼,在走廊里行着,便又闻到一阵极馥郁的甜香,比昨天更加浓郁。看来今天桂花又开了不少,等到了十月,整个校园都会满盈盈地笼着桂花香气了。这几天忙,没有时间静静沉浸在这甜蜜香气里,也没有时间在桂花甜香里做一个白日梦,等待假日吧。

那么岳麓山、植物园的桂花树也都开花了,还有中南大学南校区的那两棵大桂花树,读大一时最喜欢钻到桂花树里去看书或者听音乐,那是独属于我的青春的一方恬柔天地。等国庆假期里要去再看看。

　　现在可以做桂花糖、桂花酒了。在扬州旅游的时候,吃过桂花糖藕,真是甜蜜温柔啊。

四时花事
SISHIHUASHI

SHIYUE

十月

江南自然笔记

金秋风景如画
十月天高云淡

寒露：令人留恋不已的甜香
霜降：登高赏菊

●○ 10月1日

十月里的幸福感，来自桂花的馥郁芬芳。那桂花香气，甜美如糖果，温厚似醇酒。人走在甜香里，步步如走在云端，会有微醺的醉感。

今天去了中南大学南校区，特意是去看桂花的。路过荷花池的时候禁不住驻足看了一阵，荷花自然是全谢了，残荷也别有意趣。围绕着荷花池也有几棵银桂，香气扑鼻，甜蜜温柔。但我心里满满的都是期待，禁不住加快了脚步。

到了文新院的楼后面，香气果然是铺天盖地而来，愈来愈浓郁，仿佛都可以触摸得到。轻轻伸出手，就能掬上一捧泉水般流动的桂香。禁不住闭上了眼睛，沉醉其中。

这里种着十几棵桂花树，有金桂、银桂、丹桂。其中有两棵大金桂是大一时的最爱。大约有两层楼那么高。我和大学时一样钻进桂花树里，靠在树干上往外看，只见繁密的枝叶垂了下来，如女子垂下睫毛一般，形成了一个绿色穹庐，也像一个小小的树屋。这曾是独属于我的一个小小自在天地，浸满了甜蜜的芬芳。那时便最爱坐在这极馥郁芬芳的桂花树下，看书，听音乐，抑或什么也不做，单纯发呆。细碎金黄的桂花悄然坠落在我衣上，轻软无声，倒沾染了满身香气。

我从一棵桂花树边，走到另一棵桂花树边，深深嗅着那甜蜜香气。我是在用我的方式来跟它们打招呼。我想桂花树是记得我的，万物皆有灵，何况曾在最好的青春里和它们相遇的姑娘呢？

●○ 10月2日

在菜市场买菜的时候，看到了栗子——可以有糖炒栗子吃了。秋天的意味又浓郁了一点儿。

"未觉池塘春草梦，阶前梧叶已秋声。"时光荏苒，一晃过去了那么多年。以前小时候在家乡小城，秋天里是特别喜欢吃糖炒栗子。萧瑟冷风中，糖炒栗子便是一抹亮色，捧在手里，温暖、香甜而又亲切。最喜欢一边捧着糖炒栗子一边看喜欢的动画片了。如今这爱好仍然没变，每年秋天，糖炒栗子是必买的。只是变成了一边吃糖炒栗子一边用手提电脑看电影。愉悦,放松而又舒适。

吃糖炒栗子的时候,我和闻到桂花甜香一样幸福。

晚上跟先生一起出来散步,整个小区里也都已经被桂花甜香笼罩。小区里也种了不少桂花,多为四季桂和金桂,有的桂花树就种在人家的窗口下。

走累了,我们坐在小区里的木椅上。身畔正好有一棵桂花树,香气幽幽,沁人心脾。随着风起风落,桂花的芬芳也忽浓忽淡,空气中像是有一条甜蜜桂香汇成的小河一般。今天天空没有月亮,只有疏星炯炯,微觉遗憾,觉得有月色时仿佛可以感觉到月色把桂香照得越发通透。

禁不住站起身,走到那棵桂花树旁,这是一棵小桂花树,只有一人多高。伸出手,可以触摸到桂花柔软清凉的花瓣。我只轻轻用了一点儿力,桂花花瓣便纷纷轻柔地坠入我的掌心之中。我把掌心里金黄的桂花拿给先生看,说:"这桂花真是太温柔了呀。"先生微笑了。

这几天在小区里漫步,又有了春天里的那种甜蜜而又憧憬的感觉,因为桂花的缘故。

前几日还特意找出郁达夫的《迟桂花》又看了一遍,喜欢他笔下的桂花山谷,以及桂花一般沁着芬芳、天真纯朴的山野女子。开篇他便喝了一杯用早桂泡的茶,说,只觉这触鼻的桂花香气,实在可爱得很。

我也觉得这桂花的香气,实在可爱得很。再过几天,想收集桂花花瓣来做桂花茶、桂花酒,或者蜂蜜糖桂花了。

●○　**10 月 3 日**

今早在小区见到了黄花决明。春夏里都有黄花决明看,但秋天里它开得尤其明光耀眼,颜色之璀璨是要亮过金桂的。

合欢花终于谢尽,什么时候谢完的呢? 隐约记得九月底的某一天,走在小区里,忽然便不见了那粉扑一般的花丝。仿佛是一夜之间,合欢花的精灵偷偷躲起来了,它们藏在植物的心灵深处,睡一个长长的觉,等待来年的花期,再来闪耀。

桂花的香气仍然浸润着这个清爽的秋日早晨,一边深深闻着香气,一边慢慢走着。四季里,最爱的香花,大概是春天的香樟花、夏天的栀子花、秋天的桂花,以及冬日的蜡梅了。而这四种香花,又那么像人生的四个阶段,香樟花是天真清新,朦胧如雾,仿佛薄荷味的童年,栀子花洁白芬芳,无忧无虑,如同浪漫而又冲动的青春,而桂花则是母性般的温和宽厚,很像中年后沉淀下来的心思,蜡梅馥郁又有回甘,则像步入晚境的智者。

正是因为四季有花,四季观花,人生也便不寂寞,变得丰富、细腻而又温柔。

●○　10 月 4 日

早上出来,发现小区里的鸟柿子树结了柿子,但还是青青的果子。有一半叶子已经红了,树下也飘坠了一些红叶。柿子红叶是清雅的橙红色,不刺眼,柔和好看。

海桐也已经结了豌豆大小的圆圆青果。再过段时间,海桐果便会自然裂开,露出鲜红的如同石榴籽一般的种子。橘子树撑着青皮果子,而柚子树的果子则已经是橙黄色了。

桂花香气依然满盈着。树上桂花繁茂,只是地上已经落了一层细碎的桂花。黄花决明又开了,灿灿的亮眼。雪白、淡紫的木槿花还开着。

想着去药植园看看,于是又漫步去了那里。药植园里芦苇花只有几丛,但开得很文艺,衬得蓝天特别明洁晶莹。想起去年秋天里去长沙这边的巴溪洲漫步,真是超喜欢那洲边的芦苇啊,水边一线,都是浅黄柔白的芦苇花。蒲苇花也开了,花跟芦苇花很像,但是是更为丰茂的圆锥花序,如素色旗袍的丰腴女子。

秋英开得越发多了,也开得越发高了,一枝枝向蓝天伸展。其实秋英和射干花有某种意味的相似,都是高高瘦瘦婀娜多姿的花,在风中摇曳出万种风情。现在射干花已经过了盛花期,只有零星几朵花闪烁着。百日菊花开得更多,生得一株比一株高,鲜红、粉红、紫红,都是鲜艳夺目。金红色的孔雀草乖巧地伏在秋英和百日菊下,像是倦了打个盹儿。

瞿麦花居然也没有谢尽,还有几朵淡紫色的花沉静在绿叶间。南天竹的青果也已经泛上淡淡的水红色,待到冬日里就明光耀眼了。

惊喜的是终于遇见了枸杞的花和果。它们都太小啦,因此经常被忽略。今天漫步时也是不经意地一低头,忽然发现的。枸杞枝上花果俱在,绿豆大小的小红果,晶莹剔透得让人心里愉悦;花则是淡紫色的五角星,也不过有小豌豆般大小,花蕊长长探出花心,很觉秀美。

此时最好看的黄叶居然是樱花树的黄叶,飘落一地。山楂、檫木和苦楝的叶子也是黄得好看。银杏叶仍然是黄绿色,反而梧桐树的叶子并没有太黄,也没有开始飘坠。

当然,药植园里秋日里的明星也是桂花树。几株桂花树此时也是全都开花了,整个园子都被馥郁的桂花香气所笼罩,正是满园郁香。

忽然想起省植物园和烈士公园的桂花林了,我们这里的药植园是香气的小溪小泉,它们那儿该是香气的大江大河了吧。人走进去,定是瞬间飒飒裹了满身的香气,一脸憧憬地进去,神魂颠倒地出来。

●○　10 月 5 日

国庆七天假,每天都是秋高气爽的天气,可见天公也作美,正好踏秋了。这大约是一年中最好的时候,不冷也不热,舒服宜人。

今晚八点多,正在小区里面散步呢,竟然停电了。整个小区里面一片漆黑,伴随着人们的各种惊叹之声。我们本来准备回家的,结果只好继续散步,一边散步一边等着来电。

桂花在黑暗中散发出愈发馥郁的香气呀。这个夜晚,又真是有福了。

●○　10 月 6 日

上午先生独自出去办事,结果回来时带了半玻璃瓶桂花。前日里我说了一句想做蜂蜜糖桂花吃,他倒记在心上了。我欢喜接过,心下只觉得这便是老夫老妻不动声色的浪漫了。

蜂蜜糖桂花的做法不难,只是也要颇费些心思。把收集来的桂花用清水洗净,再略略晒干,然后再用盐拌匀腌制,盐是可以起到一个杀菌保鲜的作用。再然后就是一层蜂蜜一层桂花地在玻璃瓶里交替放置,最后用蜂蜜封口,再把玻璃瓶密封。这样放上一段时间,就可以吃了。当然不是直接吃,就是做糕点做小吃的时候,可以蘸着吃,会特别甜香。就算不吃,打开盖子闻闻也是好的。蜂蜜糖桂花可以保持有一年不散的幽幽桂花香气。

中午买了螃蟹,用姜末、蒜末还有醋一起蒸了 20 分钟就可以吃。真的是吃螃蟹的季节了。"螯封嫩玉双双满，壳凸红脂块块香。"螃蟹的吃法比较烦琐，得有一份耐心。古代还有"蟹八件"专门用来吃螃蟹。现在不那么讲究，也要用小勺子和小剪刀。妈妈和先生都是个性比较汉子的，都不耐烦吃。末了吃完饭就我一个人还在细细地吃着。

玻璃瓶没有盖上盖，里面的桂花盈盈散发出极清甜的香气，就着香气吃螃蟹，只觉无比美味。"对兹佳品酬佳节，桂拂清风菊带霜。"秋天真美好。

●○　10月7日

今日去爬岳麓山。从中南大学主校区穿过去，结果在三办后面发现一株木芙蓉，开了七八朵重瓣花了，花瓣格外晶莹皎洁，如同美玉。上了山来到穿石坡湖，这里的芙蓉花却还没开，不然临水照影的花，更是动人了。明代文人文震亨《长物志》中就曾记："芙蓉宜植池岸，临水为佳，若他处植之，绝无丰致。"

现在穿石坡湖的花，就只有雪白、蛋黄、玫红的睡莲以及紫霞一般的木槿了，间或在小草中见到水红的蓼花和蓝紫的鸭跖草。周边的树木如池杉也没有变成松黄或者深褐色，要等到十一月底，这里的颜色才会变得璀璨起来。记得去年深秋来这里爬山，还特意带了个水晶球来拍照。把水晶球托在手心里，置于这一片绚烂秋色之中，只觉得越发流光溢彩，如同童话一般。

又开始期待深秋的到来了。

寒露
HANLU
令人留恋不已的甜香
寒露若逢下雨天，正二月里雨涟涟。
LINGRENLIULIANBUYIDETIANXIANG

●○　**10 月 8 日**

"袅袅凉风动,凄凄寒露零。"今天迎来寒露节气,而寒露是深秋的节令,也是二十四节气中第一个出现"寒"的节气,意味着天气会越来越冷了。《月令七十二候集解》:"九月节,露气寒冷,将凝结也。"白露是由炎热转为清凉,寒露则是由清凉转向寒冷。早晚要越发注意添衣。昨日看电视,央视主播朱广权一本正经地提醒大家:"寒露不宜露,更不可一日无秋裤。"

这段时间感觉有点儿秋燥,头发也觉得没那么润泽了。要多喝些蜂蜜水,多吃些梨子、柿子、猕猴桃等有润肺清心之用的应季水果了。

今天早上出来,感觉真的又凉了许多,仰望天空云层厚厚,但云层的缝隙里还是露出一角莹洁蓝天,可见还是个晴天。路上见到杜英树上多了不少红叶,这红叶也是杜英树的老叶,红了就即将飘零了。树上红红绿绿,很是鲜妍好看。

路过一树木槿时,驻足看了看,只开了两朵花,不再是一树数不清的繁花了,木槿的花期终究也是要过去了。夹竹桃真是出乎我意料了,还在宛转风华着,间或还能见到一两朵鲜红的石榴。想起李渔《闲情偶寄》中曾道:"花之最不耐开,一开辄尽者,桂与玉兰是也;花之最能持久,愈开愈盛者,山茶、石榴是也。"石榴是从春末一直开到深秋了,花期算得上很长了。如今石榴果也在绿叶间闪耀着,花果相映衬着。现在也是吃石榴的季节了。

木芙蓉已经开了好些了。之前最先开的那株树已经是满树都是粉嫩嫩明亮亮的花朵了。虽然最先开的是单瓣花树,但校园里的芙蓉大多是重瓣花树,繁复如牡丹。现在重瓣的花少则七八朵,多则十几朵,总而言之,是都喜气洋洋地进入花期了。每朵芙蓉花旁边,还有好几个胀鼓鼓等待开放的花苞。

下午便成了个阴天。之前听天气预报说今天温度会下降 6 度左右,果不其然。地上散落着黑色的小樟果,踩在上面"啪嗒"一声轻细的脆响,伴随着空气中幽微的香樟香气和馥郁的桂花香气。

桂花今天就凋零一地了,如同下了一阵金雨。金桂尤其凋落得多,走近了看连枝头上留存的桂花都已经干萎,不若刚上枝头时的莹洁鲜明,但香气仍然浓郁。丹桂枝头的橙红色桂花还算比较多。桂花花期也只有一两周的时间,哎,这令人留恋不已的甜香啊。

晚上居然飘起雨来，雨点稀落，但温度又下降不少，盖毯子也觉得冷了。昨天晚上就把被子找出来了，要开始盖薄被了。先生还说要不要把烤火炉找出来，真是一秒入冬的感觉了。

睡前拿了一本《宋词三百首》闲闲看着，看到柳永的"水风轻、蘋花渐老，月露冷、梧叶飘黄。遣情伤。故人何在，烟水茫茫"，觉得真是绝美了。寒露节气，也是如斯之美。

●○ 10 月 9 日

早上出来，是个大阴天，温度比昨天更低。在黯淡中忽然瞥见一点亮丽的紫红色。仔细一看，居然是一朵本应在春天里开放的紫荆花，孤零零地悬挂在枝头，仿佛才睡醒一般，好奇地打量着这个世界。此时的紫荆树上，荚果已经转成紫黑色，叶子飘落大半，只着这么一点亮色，显得不合时宜却又弥足珍贵。

这种天气，木芙蓉也显得弥足珍贵。今天校园里的木芙蓉又开了不少，明亮晶莹的一树花，把人的心情也点亮了。古语云，伤春悲秋，寒露过后，已进入深秋，秋之萧瑟，难免让人心里为之凄婉，但秋之富丽，又让人精神振奋。总而言之，秋是极复杂也极丰富的一种况味，在它面前，春和夏都显得很是单纯。而到了冬，一切又恢复了单纯。这也像人生之四季。

中午又淅淅沥沥下起雨来。秋雨比春雨不同，春雨绵密轻柔，隔着春雨望去，一切都朦胧清丽；而秋雨则是稀稀落落，隔着秋雨望去，一切却又添了惆怅，仿佛一幅泛黄的旧照片或者老电影。唯有这雨中的木芙蓉，被濯得越发鲜亮明润，让人还能感觉到灵动与活泼之意。

深秋，这校园里很多植物都老了，唯有木芙蓉还青春着，让人的心觅得一丝暖意与慰藉。

●○ 10 月 10 日

昨天晚上听到淅淅沥沥的雨声，心中浮现出很多旧事来。深秋夜晚，过往的一切都如此清晰，仿佛就在昨日，历历在目。

今天又是浓阴天，于是披上了一件外套出去上班。

路边看到一棵构树，枝叶繁茂，有两米多高。经过的时候，发现它挂了满身的小红果了。构树的红果是聚花果，有乒乓球大小，表面有繁密的凸起，颜色也极鲜妍，可以说是有樱桃之色。

　　红果可以吃，滋味还不错，但是因为是野树，没什么人吃，结果红果往往都坠落在地，一地的碎果子，只等鸟儿来啄食了。这些红果还是一味中药，叫作楮实子。楮实子具有补肾，强筋骨，明目，利尿的作用。之所以叫楮实子，是因为构树原名楮的缘故，它还有一个名字叫作榖。《山海经》中有云："鸟危之山其阳多磐石，其阴多檀楮。"

　　构树对我来说自然也是亲切得很，在童年楼下的小花园里常见，它的叶子表面有着细细的绒毛，摸上去如同初生小猫的皮毛。

　　路边还看到了两丛嫩青的商陆花，药植园的商陆早已经开花结果了，果子也已经转成了紫黑色，这两株商陆算是晚开的了。

　　木芙蓉的花越来越多了，有好几棵树已经是满树繁花。特别有意思的是，办公楼前面的那棵大芙蓉树只开了两朵花，而办公楼后面的几棵芙蓉树则是满满明亮的花了。不过隔着一座大楼，大约是接受阳光的程度不同，物候竟也差着呢。

　　发现办公楼前的茶梅，已经悄悄含了鹿角般的花苞了。茶梅一般是冬天里开，现在就已经孕育着了。

　　今晚更冷，觉得被子里冰冰凉的，灌了一个热水袋。真是一秒入冬的节奏，明明国庆假期里还短袖长裙的。看本地的网上新闻说长沙气温这几日是断崖式下降，但明天开始便有所回升。

　　夜晚看书，看到林语堂的一段话，于我心有戚戚焉："我爱春天，但是太年轻。我爱夏天，但是太气傲。所以我最爱秋天，它虽略带忧伤，但是宁静、成熟、丰富，翠绿与金黄相混，悲伤与喜悦相染，希望与回忆相间。"

●○　10 月 11 日

　　早上在路边见到几枝蓼花开放，小花只有米粒大小，但精巧细致，又晶莹剔透，看起来好像工艺品一般。

　　如果蓼花能有牡丹、芍药的大小，怕也是倾国倾城的名花了。即使是只有这么米粒大小，它依然倾倒了许多诗人词人的心，诞生了诸如"数枝红蓼醉清秋"

之类的动人句子。路边的蓼花，有红蓼、水蓼、刺蓼等多个品种，我也不是很分辨得出来。

看看校园里的桂花，大多都已经凋落了，还有一些挂在枝头，桂花香气也变得幽微。桂花的花期大概只有两周，而馥郁香气的时候只有一周。越是美好的东西越是易逝，真不愿相信今年的桂花花期就这么过去了。李渔道："秋花之香者，莫能如桂。树乃月中之树，香亦天上之香也。但其缺陷处，则在满树齐开，不留余地。"他还曾作有一首《惜桂》诗云："万斛黄金碾作灰，西风一阵总吹来。早知三日都狼藉，何不留将次第开？"

晚上看书，见陶渊明《游斜川》诗序："辛酉正月五日，天气澄和，风物闲美。"只反复念着"天气澄和，风物闲美"八字，只觉如品醇酒，心中甘美。

●○　10 月 12 日

夜晚观书，见林清玄的一段话："不管是春夏秋冬，我总是喜欢到郊外去，因为在室内，就不能感受真实的季节感应，我觉得最可悲的莫过于夏天总是躲在冷气房里，而冬风来袭时则抱守着暖炉的人。那样的人不知道春花何时盛放，也不能体会冷冬独步街头冷冽的清醒。"

能真切地感受到物候流转，深入地欣赏到四时风物，其实是生而为人的幸福之事。大自然可治愈一切伤痛，抚慰所有忧思。很多电影里，都有四季的流转。如《海街日记》《小森林》《春夏秋冬又一春》等，都有四时风物，循环轮回，令人感叹且深思。

●○　10 月 13 日

周末了。上午先生去买菜，带回来葡萄、石榴和莲子，现在居然还有新鲜莲子买。甜香满颊的莲子仍给人以清脆的青春感。

下午，又淅淅沥沥下起雨来，只觉更冷，路上行人都换上了大衣。今天是真得把烤火炉找出来了，先生把电热毯也翻出来了。

　　昨天下了一晚上雨。雨中只觉睡得更沉。早上醒来便觉枕上轻寒,真的是一层秋雨一层凉了。

　　上午雨渐渐小了。本来打算跟先生去爬岳麓山或者游洋湖湿地公园,因雨一直不停,便和先生打着伞去学校药植园走走了。

　　芙蓉树有一棵已经开满了明亮花朵,另几棵却还只开了几朵。雨中的葱莲、韭莲并未绽开,只撑着如毛笔一样尖尖的雪白、紫红花苞,缀了满身珍珠般的雨珠,莹洁可爱。

　　白花败酱的细白花开得路边都是的,仍是如云一般的花,花朵虽只有小米般大小,但极繁密,因此也有了热闹的感觉。之前还看到淡紫色的三叶裂薯缠绕在细白花中,今日却不见了,大约三叶裂薯的花期也过去了。白花败酱脱离了束缚,因此开得越发恣意了。

　　清淡雅致的秋英也开得越发多了。秋英这种花,就是要一大丛一大丛的摇曳着才有意境。金红色的孔雀草又生了许多花,被雨濯得更加鲜亮。百日菊自然又长高了不少,鲜明的色彩与淡雅的秋英相映成趣。

淡紫色马兰花的舌状花也被雨濯得湿淋淋的,但狼狈中依然透出一缕淡然素净的气质。深紫色的枸杞花生得越发多了,细长的枝条上缀满了小花,也有的枝条上都是晶莹剔透的小红果了。龙葵花,比枸杞花还小,在雨中更加显得灵气横溢。

今天还在药植园里的白芷旁边看到了颤巍巍的晚饭花,瘦瘦的,不过两尺高哦,只开了五朵花,而且因为是上午,花朵还是闭合或者半开的,晚饭花一般傍晚开。不知道这花是不是新种的。

山茶枝头已经结满了圆圆小小的绿色花苞,非常可爱。茶梅是十二月开,山茶应该是三月里开,这么早就在孕育花苞了。

当然,药植园里现在更多的是果子,看到了海桐果、山楂果、枸骨果、火棘果、酸橙、金橘、酸枣、柚子、栀子、南天竹子……但大多还是青青的样子,只有南天竹子泛红了。再过一段时间,就会有各种小金果、小红果闪耀枝头了。而那时的岳麓山、橘子洲也会其美如画了。

回来的路上,买了一包糖炒栗子,唇齿间的温暖甜蜜登时让我忘记寒冷。

●○　10 月 15 日

昨晚秋雨淅淅沥沥又下了一晚,早上起来雨还不见小。今年以来第一次不起床,贪恋被子里的温暖。

找了一件白色毛衣穿了,又找出一件红色毛衣开衫罩在外面,然后便上班去。撑着伞走在路上,发现行人大多已经披上了大衣。秋寒露重雨多,虽说春捂秋冻,但大家也忍不住捂上一捂了。

雨中芙蓉开得越发多了,也越发明亮了,只是花都被雨打得湿答答的,垂着头,不似以往容光焕发。芙蓉的盛花期可能还有几天。

下午,雨渐渐停住了。一地金黄的银杏。仰头看枝头的银杏,却还是黄绿色,还要等些时日才会有满树金黄的小扇子呢。岳麓山上云麓宫里有一株七百多年的银杏,等到十一月底要去看看。前年深秋去过云南大学,云南大学也有一处银杏大道,那时刚好是银杏最灿然的时候,有女孩子在树下手持金色的银杏叶拍照,青春水灵清澈。记忆中一片辉煌。

●○　10 月 16 日

今天是个大阴天，气温似乎比昨天略高。小区楼下那排木槿树上一朵绯红的花也无，木槿的花期已经过去了。校园里的芙蓉花却还未到最盛时期，一朵花旁就有好几个胀鼓鼓的花苞在蓄势待发。

经过校园里国际教育学院和办公楼楼下，发现楼下一排山茶树和茶梅树跟药植园的山茶树一样都已经结出了圆圆小小的花苞，似乎比药植园的花苞还要略微大点。上去摸了摸花苞，尖尖硬硬的。

●○　10 月 17 日

今天是农历九月初九，重阳佳节。重阳节，又叫作"踏秋"。这个节日跟菊花和茱萸两种植物是分不开的，在这一天古人的习俗有出游登高、赏菊花、插茱萸、吃重阳糕、饮菊花酒等活动。

《西京杂记》中记西汉时的宫人贾佩兰称："九月九日，佩茱萸，食蓬饵，饮菊花酒，云令人长寿。"重阳节里流传最广的诗自然是王维的那首《九月九日忆山东兄弟》："独在异乡为异客，每逢佳节倍思亲。遥知兄弟登高处，遍插茱萸少一人。"

提起菊花，正好近几日工作忙碌，感觉用眼过度，得调些枸杞菊花茶喝。

中午出发去高铁站，要去河北石家庄开会，只停留明天一天，后天回长沙。

●○　10 月 19 日

在石家庄只停留了一天，只感到那里干燥，灰尘的确很厚，路边的花草上都是一层薄灰，令我禁不住想念长沙的湿润天气。虽然夏冬湿热湿冷不那么好受，但是花草都是水润润的灵气。在南方长大的我只习惯了南方的水土与气候。

下了车，只觉长沙也冷起来了，气温应该比我去石家庄之前又有所下降。看天气预报上说周末大凉将至，慢慢地真有入冬的感觉了。

回到小区里。见到路边紫荆，紫荆的豆荚已经变成了黑色，老叶子也几乎掉光，但是在枝头居然又冒出了心形的嫩叶。记得紫荆在入冬之前还要长一轮新叶的。

仰头一看，小区里的柿子树上的柿子红了。

●○　10 月 20 日

昨天晚上听到雨声渐大,在雨声中入睡,只觉安心。早上起来一看外面雨停了,但觉得更凉了,找了件呢子大衣出来,戴上了厚厚的帽子出去。

走到半路,又下起雨来。看路边的小桂花树开花了,这应该是四季桂,宽大的叶子下几簇小碎花。金桂、银桂的花期已经过去了,凑过去闻了下,有淡淡的甜香味,雨中令人心中有了一缕暖意。怪不得桂花香被称为暖香了,令人微醺。冷香就是梅花、蜡梅一类了,清凉醒脑。

又想起前些天去中南大学主校区。那里的桂花,现在都该谢了吧。和南校区林荫道上大多是悬铃木不同,主校区林荫道上大多是香樟树,有的还是百年老树,深深浅浅的绿,一走进校园就满心满眼的清爽了。星园有一片桂树林,云麓山庄那里有一棵宛若一间绿色小屋般的大桂花树,满园子的香气。

雨断断续续下了一天。湿冷的天儿,也不想出去了,只想在家枕着雨声睡觉。赤足穿着拖鞋也觉得凉沁沁的,换了暖绒睡鞋。

又记起药植园的花,会被雨浇得躲起来睡吗?太阳花、黄蜀葵肯定是躲起来了,龙葵、孔雀草、百日菊、秋英、马兰、鸭跖草等应该会越发精神吧。雨中的花,犹如精灵,是叫人又想起很多童话来的。

还有很多旧事。

●○　10 月 21 日

早上仍然是细雨连绵。

本来想去南郊公园或者洋湖湿地公园走走,就只好就近去了学校药植园看看了。

黄蜀葵又开了几朵,被雨淋得湿答答地垂着头。有一枚躲在叶子下的黄蜀葵花朵仍然丰盈圆满,花蕊如豹子般的眼睛。白花败酱、枸杞花、孔雀草、百日菊、秋英、龙葵花的确开得越发好了。马兰花进入盛花期,遍地都是淡紫色小花。

火棘果也渐渐红了,南天竹子也是淡水红色的。今天居然看到野山楂上孤零零的一枚洁白山楂花,花瓣上溅满细小雨珠,花心是鲜妍的石榴红。上次也是见到紫荆上孤零零的一朵紫荆花，为什么独自开放呢？但树上并没有结满红红的山楂果，这是因为它是雄树的缘故，雄树不结果。

终于见到十大功劳的花了。居然是极明艳的娇黄色，如小鸡雏的嘴。花细小，只比蓼花略大一点儿，一簇簇地密密开着，挺好看的。

美人蕉差不多都枯萎了，只有两朵还开着。之前在药植园内如马兰花一般到处可见的淡紫色三裂叶薯，现在也已经全都不见了。

●○　10 月 22 日

今天是阴天，倒没有下雨。走到图书馆旁，又闻到一阵熟悉的甜香，心中忍不住惊喜起来——循香看去，原来是金桂二度开花了，枝头满满的又是小碎花了，湿漉漉的香气。

走到办公楼下，又是一阵甜香，这里的金桂也是二度开花了。我知道金桂会二度开花，但是真的到第二度开花的时候，觉得比第一次开花还惊喜。尤其雨后这湿漉漉、甜丝丝的香气，闻起来舒服极了。

好喜欢这种二度开花的花。像栀子花、金橘花也是的。你以为错过了，正惋惜着，忽然上天又给了你再次珍惜与体会的机会。于是你欣喜万分，仿佛以为所有的错误都可以弥补，所有的青春都可以重来。

傍晚下班出来，才发现办公楼后的丝兰开花了。剑一般修长笔直的叶子，然而却托出这么洁白如玉的花朵，每朵花有鸡蛋大小，一个个小铃铛一般。外形有点儿像贝母，但比贝母要美得太多了。花瓣上还有湿漉漉的水珠，更有"梨花带雨"的清冷灵动之意。

我轻轻摸了摸花瓣，如同玉兰花瓣那样脆硬，羊脂玉一般光滑。玉兰花瓣是能吃的，不知道这花能不能吃呢。看着这样子感觉很好吃呢。

查过资料得知，丝兰的花在夜间会散发出奇香，以迎接丝兰蛾之来访。丝兰的花只欢迎这一种蛾，也只有这种蛾能帮它传播花粉。丝兰蛾的口腔有一种细长而能弯曲的吻管用以收集花粉。也不知道这校园里，有没有丝兰唯一的知己丝兰蛾了。

丝兰附近还有一丛挺拔的南天竹，水红色的南天竹子在雪白花的衬托下越发娇艳。等到了冬天，南天竹子会变成越发艳丽的深红色，只是那时候丝兰却已经谢了。

霜降
SHUANGJIANG
登高赏菊

霜降碧天静，秋事促西风。

DENGGAOSHANGJU

●○　10 月 23 日

　　今天进入霜降,也就是秋天的最后一个节气。感觉日子真是过得飞快。秋天的韵味还未品尽,秋天就快结束了。

　　"一夜清霜,染尽湖边树",霜降意味着天气渐渐寒冷,冬天即将开始。霜降时养生保健尤为重要,民间有谚语云"一年补透透、不如补霜降";"补冬不如补霜降"。霜降三候:一候豺乃祭兽,二候草木黄落,三候蛰虫咸俯。此时人们杀兽陈列,祭秋金;感受木叶飘零的萧瑟,观感蛰虫的冬眠。

　　秋天里出现的第一次霜又叫作"菊花霜",霜降时节,也是赏菊的好时候。岳麓山上有菊花展,但是要放到十一月底红叶最美的时候开展了。年年在那个时候都会去爬岳麓山,赏完菊花和红叶之后在山上的小店坐下来,喝上一杯热乎乎的蜂蜜柠檬茶,一边眺望满山遍透,一边闲闲聊天,然后就由衷地觉得长沙人民的幸福指数很高。

　　有些地方霜降时节还要吃红彤彤的柿子,可御寒保暖。霜降后要防秋寒、秋燥、秋郁,可多喝点儿红茶和蜂蜜。

　　今天终于阳光温淡了,天也是淡淡的蓝,浮着丝絮般的轻云。感觉近期在长沙好久没有见到太阳了。芙蓉花渐渐进入全盛时期,走在校园里,可谓是"可爱深红爱浅红"了。

温度有所回升,早上又看到了淡淡的阳光。但是下午却下起雨来,傍晚时越下越大,晚上也没有停。

路上看到一地湿漉漉的细碎桂花,香气迷离。花开二度的桂花季又要过去了。

还有满地洗得亮晶晶的红叶,是老了的杜英叶。

早上又是秋雨淅沥。小区里转个弯,忽然又遇见一排被雨洗得发亮的单瓣紫色木槿花。啊,我还以为木槿花的花期已经要过去了呢,没想到还这么璀璨着。

药植园的重瓣白色木槿花也还在开着,但楼下的重瓣红色木槿花确实是不再开花了。

木芙蓉现在真正进入盛花期了,一树明亮亮的笑靥。在雨中也觉得精神抖擞的好看。药植园里,宿舍里,办公楼下,都是笑盈盈的芙蓉花,看着就觉得欢喜可爱。秋天里最美好的花,莫过于桂花和木芙蓉了吧。

到了九点多钟,雨渐渐停了。各种鸟儿的啼鸣之声便在雨后次第响起,如同在开音乐会一般。侧耳倾听,忍不住微笑起来。这颗被尘世俗事所烦扰着的心似乎也被雨洗过了一般,芙蓉花一般明亮起来。

下午雨停了,天却没有晴,是阴天。我特意穿了一件水红色的明亮毛衣,像芙蓉花的颜色。霜降过后,容易秋郁,就让糖果色带来好心情。

上班途中走过林荫道的时候,看见香樟树下的太阳花还有几朵零星开着,萼距花则是更加水灵茂密了,紫色星星一般亮着。萼距花的花期真的很长,从早春就见过,小巧清丽,到了深秋里小花仍然风貌正茂,依然是少女朱颜。

路旁小蜡的绿色枝叶里探出一只娇小的黄猫,警惕而又好奇地看着我,喵喵地叫了两声,声音柔细。我想起学校教学楼这边是有一只胖胖的大橘猫,很亲近人,甚至在学生们读书的时候会爬到他们脚下懒洋洋地卧着。学生们也很喜欢它,经常给它喂食,因为经常在医学院一带徘徊,它差不多是院宠了,还上了几次学校的官方微博,这小黄猫不会是那只大橘猫的孩子吧。我试着走近几步,小黄猫却胆小很多,立马背转身,弓起背,轻捷地跳进小蜡丛中。

办公楼下的南天竹子已经全红了,一串串圆圆的小红果举得高高的。南天竹叶子也是泛红了。南天竹子这真是肉眼可见的蹿红速度啊。

●○ 10 月 26 日

早上出了太阳,阳光温淡得几乎感觉不到光芒,但天地间显然比昨天要亮堂许多。温度又回升了。有了秋天最令人喜欢的样子,凉爽宜人。穿了一件墨绿色毛衣,配了一条百褶裙出去,大约可以配得上这样美丽的秋天了。

小区里的柿子已经全红了,听到鸟儿鸣声阵阵,大约是有小鸟儿过来啄食了。记得去年十一月份有段时间,柿子树上简直热闹到不行,天天经过时小鸟儿欢快的鸣叫之声,大约是在树上愉快地开起了派对。可惜树太高,有八九层楼那么高,仰头看也看不清小鸟儿啄食柿子的有趣场景。要用长焦才拍得到。

合欢树上已经挂满了长长的豆荚。以前经常在小区闪耀的黄色美人蕉不见了。想起前日里去药植园里发现十几朵美人蕉都萎谢了,只有两朵孤零零地闪耀着。大约美人蕉也怕冷的。

校园里的白蜡和栾树叶子黄了大半,很是好看。白蜡和栾树的黄叶是一种温柔的黄,如同羽毛轻轻拂过肌肤的那种温柔,不像银杏那样是光辉灿烂的金黄色。

说起银杏,现在每天在校园里走着,都能看见满地金黄的小扇子。俯身拾起一枚金黄色小扇子拿在手里,觉得是可以用来过塑做精致书签的。之前去过正定小城,那里有 87 版红楼梦取景拍摄的"荣国府",在"荣国府"里买了一枚印有宝黛共读的书签,就是用玉兰叶子做的。

办公楼下的枸骨不知道什么时候已经结满了小红果。一路行来,国教楼下、教学楼下的枸骨也都结满了小红果。药植园的枸骨则是既没有开花,也没有结果。教学楼下的火棘果也红如冰糖葫芦了,药植园的火棘果却还是淡红色。至此,校园三大小红果:枸骨子、火棘果、南天竹子就差不多都红了。这三种小红果中,枸骨子最大,火棘果最小,南天竹子最为圆润美貌。

想起前几日看新闻,说辽宁有个大学在举办银杏节,满校园的银杏落了也不扫，就金灿灿地铺在地上，好像还有几个高校也是如此。又有新闻说广东有个学校满校园都是红彤彤的柿子了，师生们可随手摘下柿子进行品尝。据说柿子太多，还得运出去卖一些。

　　早上去药植园看了下，孔雀菊现在开得格外的好，一大丛金红色的灿烂花，一大群蝴蝶在花上飞起飞落。其中有一只黑凤蝶极有画面感，它停歇在一朵花上，我的镜头对准了它，它仿佛知道在拍它似的，对着镜头进行了四十五度转身，嗬，蝴蝶也知道要拍侧脸呢。

　　我正对着蝴蝶拍照，药学院有位老师过来了。她告诉我说，之前这里的射干花开得特别好的时候，蝴蝶比现在还多，在花上起起落落，十分好看。这不，她还带了自己的女儿在花丛里拍照。只是蝴蝶和毛虫也引来了众多的鸟儿，很快那种蜂蝶起落的美景便不见了。现在的蝴蝶应该是新近飞来的。

　　栀子树上结满了栀子，有的还是光滑发亮的碧青色，有的则转成了橙黄色。等彻底成熟了，栀子便可以用来入药或者染色了。我喜欢栀子染得淡淡的草木黄色，似有栀子花的甜香轻轻拂来。

　　金桂树下仍是一地细碎的小花，抬头细看，树上的花差不多谢尽了。再细看，桂花树上有的枝丫已经结出了细小如绿豆的小果子，这就是桂子了。桂子成

熟时像个微型芒果，原来刚结出来的时候也是圆圆小小的，很可爱。

我之前出版的一本书《微小的美丽》入围了全国叶圣陶教师文学奖，明天就要去苏州甪直——叶圣陶先生的故乡去领奖了。听说那里也是个古镇，不知道风物如何。

●○ 10月27日

高铁上，透过玻璃窗见到明净秋景，远山如黛，天淡淡蓝，大地绚丽斑斓。

晚上才到苏州甪直。江南天气竟十分温暖，风也和煦。到了古镇，便在古镇店里买了江南风味很浓的旗袍式衣裙，穿起来竟仿佛是江南女子，与周围的环境很是契合。

在叶圣陶先生的纪念馆里见到了百年枸杞与千年银杏。枸杞上花果宛然，而银杏则是一身黄绿，还未到辉煌灿烂之际。想起之前看新闻说西安也是有棵千年银杏树，银杏全黄时仿佛通身金光。西安大约没有时间去了，但是可以去看看我们长沙岳麓山上麓山寺的老银杏，每年也是举着一枚枚金黄的小扇子，漂亮得令人心动，引来许多市民观看拍照。老树总是给人一种莫名的心安感，而银

杏老树,则更有一种温厚的感觉。

小桥流水人家,缱绻不舍离去。可是除去领奖和开会的时间,只能有中午和晚上的休息时间能细细领略水乡风情了。

●○　10 月 29 日

回到长沙,只觉得恍如夏天,一下就热起来了。不过才出去了两三天,仿佛跨了一个季度。

不过,好天气,总是喜欢的。绵绵细细的小雨下久了,也是会对心情有所影响的。所谓伤春悲秋,尤以阴雨天为盛。

●○　10 月 30 日

今早出来,见蓝天上层层鱼鳞状云纹,是个大晴天。小区里柿子红了,茶梅含苞了,木芙蓉繁复花瓣犹如一个小绣球。

看到小区边的墙头和栅栏处又冒出来三叶裂薯的淡紫色花。之前凄风冷雨的时候三叶裂薯都不见了,我还以为它的花期已经过去了,原来并没有。天气晴好它又开出花来了,在蓝天映衬下显得更加清丽娇美。

八角金盘又长出了碧绿油亮的新叶,依然是小螃蟹似的,憨态可掬。一路走来,发现卫矛、金叶女贞都在长新叶,大约是跟紫荆一样,要在过冬前再长一批新叶。

办公楼后面的丝兰都谢了。丝兰的花在极盛的时候是脆硬的,后来再碰它就变得柔软了,雪白落花落在剑一样的叶子上,呈现出弱质纤纤之态。花的生命逝去之时,是如斯静美。

●○　10 月 31 日

今天又是大晴天,这样的天气是秋天最舒服的天气,阳光温煦,风吹过来也是清凉,穿一身单衣就可以了,身上也觉轻盈。

现在校园里的木芙蓉满树灼灼生光的花朵,比之前都要多都要美。办公楼

后面有一排木芙蓉,花朵朵生动,如同穿着浅红色毛衣的大学女生,让人的心也觉轻快活泼。

在实验楼下有单瓣木槿树,木槿树现在花是都谢了。木槿和芙蓉都是朝开暮落,但木槿凋零时是缩成笔筒般的紫色花筒,而芙蓉是缩成小孩拳头大小的花球。傍晚,芙蓉树下便是满地绯红的小花球。

傍晚回到家中,见窗外西边的天空正悬着圆圆一轮暖红色落日,正缓缓向远处的青山一发坠将下去,黄昏温暖瑰丽的光线几乎要让人感动落泪,看什么都像加了一层暖色调的滤镜。

朋友圈里,有学生说,秋日的阳光很温柔,像夏日里的晚风。

四时花事
SISHIHUASHI

江南自然笔记

SHIYIYUE
十一月

莫负自己
莫负时光

立冬：橙红深黄
小雪："小阳春"

●○ 11月1日

今天又是特别好的阳光，淡蓝天，丝絮状的白云，金灿灿的阳光，很像动画中的一个场景。

今天经过小区小池塘的时候发现深紫色的再力花还在开着。其实睡莲和蒲黄开花的时候再力花就在开了，但是没有太注意。再力花虽然是紫色，但是颜色暗沉，花形单一，并不是艳丽型的花，但清淡型也谈不上，一眼扫过去，只觉平庸吧，没有太多令人眼前一亮的特点与个性。但它当然不会在乎外界对它的眼光，它默默地有滋有味地生活着，睡莲已谢，蒲黄已凋，它仍然容颜不改。

惊喜的是岸边的八角金盘油亮的叶子间伸出了乒乓球大小的圆圆小花球，花球上有些芝麻绿豆大小的花已经绽放了。八角金盘的叶子大的有小脸盆那么大，但花却是那么细小。其实凑近来看，那些小小的花长得分外清丽，花形匀称，五个小花瓣，花瓣尖尖，五枚长长的花蕊探出花心，这样远远看去，花球上像是笼着一层淡淡的白光似的。只是花如此纤微，谁会注意到呢？

不过八角金盘也不在乎这些，它默默开放着。花只要开放，就完成了它自己，它在意的是是否有能帮它传花粉助它孕育新生命的蜂蝶，其他的，都不重要。

木芙蓉越开越多了。我之前看到它满身的花，以为已经到了它的极盛花期，岂知道它的花越发繁茂起来，今天更是如同锦缎一般，华彩生光。想起以前看《老残游记》，说王小玉唱歌，越唱越高："唱了十数句之后，渐渐的越唱越高，忽然拔了一个尖儿，像一线钢丝抛入天际，不禁暗暗叫绝。哪知他于那极高的地方，尚能回环转折。几啭之后，又高一层，接连有三四叠，节节高起。"这木芙蓉也给人这样的感觉啊，原以为它已经是一树繁花了，谁知道还能更加繁花似锦呢。

算是一份秋日里的惊喜吧，也许明天它还能开更多的花。

●○ 11月2日

因为忙碌，跟平平大半年没聚了，于是今天约起爬山。刚好平平所在的单位今天也是搞活动爬山，于是大伙儿便一起了。

温度适宜,只穿了长款薄毛衣,脚上蹬一双低跟布鞋。太阳光耀眼但不觉灼目,不是夏天里那种白晃晃的样子,晒在手上脸上,泛起一层毛茸茸的金光。特别温暖的感觉,像一张老照片般叫人安心。

　　岳麓山上有些树的叶子已经全红了,但不是枫叶,像是鸟柿子叶,树上还有圆圆红红的鸟柿子,满树秋意。各种小草花,雪白、淡紫、橘黄的野菊花密密丛生着,随处可见。八角金盘也都伸出了圆鼓鼓的小花球,引得蜜蜂和食蚜蝇纷纷飞来。但蝴蝶对这种小草花似乎不以为然,它更热衷于孔雀菊、百日菊这样艳丽的花朵,华美如它们的翅膀。生物界也是有着类似于"物以类聚,人以群分"的规律的。

　　我们还邂逅了数枚艳阳下发亮的黄叶,像一个个橘黄色的小型路灯。

　　爬到顶峰时正逢岳麓山上一年一度的菊花展。各种清丽冷艳的菊花呀,真是"露浥清香悦道心"了。

　　惜乎枫叶未红,银杏初黄,还未到最佳观赏期。最佳观赏期一般是 11 月底12 月初,大概还要等上两个星期,还降一次温,红叶就都红了,毕竟红叶经霜而赤嘛。

今天白日里在家看书写文,洗衣擦地。窗外阳光仍然是毛茸茸、金灿灿的。

觉得这样的天气不出去实在是浪费了,于是午后还是带了一本作家子沫的《随时随地,有滋有味》,到附近的南郊公园走走。

读到书中的一段话,觉得甚合我心:"看书是为了当作家?当然不是,仅仅只是欣赏而已,阅读带来齿颊留香的愉悦感,无可替代。"这本书里,还引用了齐邦媛《巨流河》里所提到的朱光潜先生的一件逸事。深秋时,齐邦媛和同学去朱老师家的院子,看到地上铺了厚厚的落叶,于是就有同学想拿扫帚帮老师扫落叶,朱老师阻止了他:"我等了好久才存了这么多落叶,晚上在书房看书,可以听见雨落下来,风卷起的声音,这个记忆比读许多秋天意境的诗更为生动,深刻。"细细揣摩朱先生所领悟的秋日之美,生命之境,不由得心旌摇曳。

尤爱在公园或者山上这样充满草木芬芳气息的环境里看书。以往跟先生去爬岳麓山,总是先在中南大学前的报刊亭买上几份杂志带上。在山上的穿石坡湖那里,在湖边的长廊处背靠背地看,间或抬头看看天,看看云,看看明净的湖

水和湖边的草木，视觉清澈而又温暖。然而如今，那里的报刊亭都停止运营了，我们就只能自己带书上山看了。

●○ 11月4日

今天的阳光则是若隐若现了。到了四五点钟，西方的天空出现了一轮圆圆落日，散发着淡橘色的光芒。而周围的天空却是灰扑扑的，并没有染上胭脂红或者玫瑰紫。

风吹过来，只觉得生凉，不是前几日的那种令人舒服的沁凉了。

忽然有种感觉，冬天要来了。

看看日期，果然后天就立冬了。

●○ 11月6日

今天温度陡降，还下着细细绵绵的雨。雨水沾到脸上身上，冰凉凉的。穿了一件厚毛衣，再套了一件大衣，路上走着还觉得冷。

前天还热得像夏天一样，爬山时还看到有人穿短袖，今天就到了冬天了。

早上看到校园里的栾树有几株又冒出了灿然栾花，不知道是晚开的栾花还是花开二度。

银杏大道上的银杏倒黄得更加好看了，金灿灿的，在一片凄风冷雨中显得分外亮眼，一地金黄。

木芙蓉好像不是很喜欢这样低的温度，粉色花都缩成小小的一团，整棵树在冷风中瑟缩着，并未像往常一样意气风发。忽然想起"莫怨东风当自嗟"的诗句来。《红楼梦》中：林黛玉抽到的是芙蓉花签，题着"风露清愁"，并一句诗："莫怨东风当自嗟。"芙蓉花初开时，在晴日艳阳下明艳照人，跟"风露清愁"完全联系不起来，而今天这样的清寒入骨，风中的木芙蓉倒真的有几分"态生两靥之愁"的忧郁了。

立冬
LIDONG
橙红深黄
今冬麦盖三层被，明年枕着馒头睡。
CHENGHONGSHENHUANG

●○　11月7日

今日立冬。立冬三候："一候水始冰；二候地始冻；三候雉入大水为蜃。"

立冬日，可杀鸡宰羊或以其他营养品进补，称"补冬"。这一天吃羊肉火锅最好不过。北方立冬有吃饺子的习俗。想起去年立冬的时候，我刚好和另一位老师带学生去北京领奖，就在北京某个小餐馆里吃的饺子。

其实南方似乎没有立冬吃饺子的习俗，但是忽然想吃饺子了，于是下班时便去小餐馆买了饺子带回来了。

●○　11月8日

昨天断断续续下了一天的雨，真是寒冷刺骨，晚上只好盖了两层被子，看朋友圈里有人说电烤炉也要用到了。

今天早上出来见到浅浅阳光，然而殊无暖意。不一会儿阳光也被云层所遮掩。今天的云也是绛紫色的，像涂抹的水墨一般浓浓淡淡。像是夏天的某一个阴雨天，但是要清润一些。

看到地上冒出了星星点点的小花，水钻一般。凑近了看，是勺形的花，像是通泉草。

到了傍晚下班的时候，仰看天空，发现那水墨乌云正在缓缓散去，露出后面的淡蓝天空与轻柔白云，一轮橘子般的金红色圆日正在渐渐坠下，非常漂亮。忽然想起曾经看过的一首俄罗斯小诗《短》:"一天很短,短得来不及拥抱清晨,就已经手握黄昏。"

●○　11月9日

七点多的时候,太阳也亮了一下眼,橘红色的温暖光芒照在窗外的建筑物上。但是等到出来之后,阳光却已经不见了影子,眼前是迷迷蒙蒙的白雾。来到校园,教学楼和办公楼也笼罩在乳白色的雾中,隐隐约约,朦朦胧胧。

到了十点半,浓雾散去,太阳便出来了,明亮亮的,也觉得暖和了很多。仿佛又是秋高气爽的好天气了。

中午在学校人文与管理学院给学生们做了个关于文艺稿写作的小讲座,出来又见到了蓝天白云,只是这白云的云层就比较厚了,层层叠叠地铺排在天空,只在间隙中露出碎玉般的蓝天。

●○　11月10日

东晋陶渊明曾作《四时》:"春水满四泽,夏云多奇峰。秋月扬明晖,冬岭秀寒松。"早晨出来,见小区里橙红深黄,唯有罗汉松和雪松清新碧绿。想起岳麓山上,也是各种松树更为醒目吧,在一派瑰彩之色中,唯有它们还保持着青春的颜色,果然是"冬岭秀寒松"了。

小区里的柿子树上橙红色的叶子也散落大半,光秃秃的树枝上挂满了红彤彤圆溜溜的柿子,再没有了宽大叶子的遮掩,已经成熟了的小巧柿果非常漂亮。得赶紧找个长焦来拍柿子了,过不几天就该被鸟儿啄光了。

路过海桐的时候,留心看了一看,果然圆圆的海桐果已经裂开,裂成三四瓣,露出石榴籽似的海桐种子,也是极漂亮,让人想穿成手串送给小女孩儿。小女孩儿嫩藕似的小胖臂,正适合戴这样精致玲珑的小饰品呢。

红叶石楠又长出新的红叶,被雨水濯得明亮亮的,如花一般鲜艳。

●○ 11月11日

早上出来,雨中见小区里的柿子树上已经停留了好些鸟儿,在啄食柿子了。现在该到了柿子最美味的时候了,鸟儿们于是不顾风雨、呼朋唤友地来了。看它们啄食几口,唱几句歌,十分惬意。

冒雨去了药植园,药植园里冷冷清清,早不见了蜂蝶,只有高大的木芙蓉里面不时传来鸟儿的鸣叫声,可是举目望去,却见不到鸟儿的,木芙蓉茂密宽大的叶子遮住了鸟儿的身影。现在木芙蓉的花也稀稀落落了。

孔雀菊、百日菊还绚烂着,秋英只余了两三朵儿。十大功劳的花已经全谢,倒是美人蕉又冒出了七八朵明艳花出来。野菊花一大丛一大丛地生长着,也是明光耀眼,很自得其乐的样子。这初冬的药植园,也是美的。

野山楂的叶子全都掉光了。梧桐树已经是一树黄叶了,掌状宽大的叶片黄得非常深厚美丽,令人眼前一亮。悬铃木因长相酷似梧桐而被称为法国梧桐,法国梧桐到了深秋叶子也是黄得灿然,但是如今见到真的梧桐叶,却觉得悬铃木的黄叶是远不及梧桐黄叶之美了。连银杏的光芒也被梧桐夺去了。

中午妈妈做了蒿子粑粑。现在当然已经没有艾蒿了，用的是茼蒿。碧绿的茼蒿粑粑一出锅，滋味也是清新鲜美，不亚于艾蒿做的粑粑。

●○　11月12日

其实比较喜欢初冬干冷的天，可以让人静静地回想一些事情。不湿答答的，下雨的时候冷冷的冰雨在脸上胡乱地拍，只觉寒凉入骨。

今天一棵茶梅树上绽出了一朵茶梅，茶梅灼灼明亮。这些天，茶梅会一天比一天多，直到也是满树繁花，算得上冬天里最耀眼的花了。木芙蓉还开着，但瑟缩着，凄清忧伤的样子，和明艳的茶梅一比，黯然失色。木芙蓉前些日子也是容色照人过的，只是现在已经不是它最好的时候了，所以，如果能在最好的时候遇上，这真的是一种运气。

连日都是断断续续的雨水,也没有往药植园去。今天早上雨水尤大,到了中午,雨渐渐停了。

下得楼来,忽然眼前一亮,原来楼下的茶梅树又绽开了两朵桃红色的花,明光耀眼,瞬间便点亮了阴霾的天气。虽然寒意逼人,但是这花开得喜洋洋的,单瓣花,花色鲜妍,花心也是宛若开在春风里一般,让心情也瞬间雀跃了。

楼下丝兰又绽了三串雪白的新花,花是从下边开起,上面还是羊角般的小花苞。之前那串已经谢尽,我以为不会再开了。谁知道丝兰转眼又在风中举着一串串玲珑的小铃铛了。真喜欢这丝兰的花,洁白,安静,又精致。

香樟树下的太阳花不开了,淡紫色的萼距花还开得兴高采烈的。这微小而美丽的紫色满天星啊,眨着星星一样的眼睛,转眼就从早春闪烁到了初冬,还要继续闪烁下去。

银杏叶现在黄得特别好看了,一地金黄色的小扇子,湿湿地贴在地上,像是用工笔画出来的一般。

樱花树叶也全都转成了橙红色,远看还以为樱花又开了。走近一看,单片的樱花树叶上面的橙红色和橙黄色交织着,并不均匀,像是在染缸里浸染了一般,但大部分是橙红色了。随着时间的推移,樱花树叶还要更红艳吧。樱花树下也是一地橙红色的叶子。

红枫的叶子更红了。青枫的叶子红了一半,一半红一半绿,衬托着更觉鲜妍。叶尖滴着晶莹剔透的雨珠,灵气逼人。

走在林荫道上,似乎走在一页彩色的插页上一样。初冬绚烂,也同童话。

今天依然是阴雨连绵,但花却给予了新的惊喜。

校园里,桃红色的小茶梅树旁边,另一株较为高大的茶梅树绽放出了雪白的花,白瓣金心,比桃红色的还好看。有趣的是茶梅树上只有一枝开满了花,其他枝上还是含苞。一枝独秀,凌寒自开,更显得风姿隽永,卓尔不凡。仰头看了一阵,还看到几只蜜蜂在花上采蜜。

丝兰三串花枝上面已经是满满的洁白小铃铛了,圣洁而温柔。

●○ 11 月 18 日

今天去北京出差,之前听说北京雾霾严重,但到了北京之后,却赶上了一个阳光明媚的大晴天,天空蓝莹莹的,如同美玉一般。

下榻的酒店旁边植物繁茂,色彩格外绚丽,如同油彩一般。这里的草木大多都不认识,有的叶子都掉光了,光秃秃的树枝上还挂着圆圆的鸟窝,有的仍然是一身绚丽的黄叶。这黄叶宽大如手掌,像是悬铃木的叶子,但又比悬铃木大得多。还有一种小红果,剔透晶莹,跟火棘果差不多大,但是比它更美,衬着蓝天,像是玛瑙雕成的一样。鸟儿很喜欢这种小红果,不时下来啄食。这种小红果在湖南没有见过,不知道入口滋味怎么样。

晚上跟先生通电话,听说长沙又下雨了。

小雪
XIAOXUE
"小阳春"

小雪封地地不封,老汉继续把地耕。

" XIAOYANGCHUN "

●○　11 月 22 日

今天下午回长沙,长沙天气竟出奇的好,也是玉带般的一抹蓝天。出发前的阴霾一扫而空。

而今天是小雪节气。小雪三候:一候虹藏不见;二候天气上升地气下降;三候闭塞而成冬。小雪跟小满一样,都是带点小萌。《月令七十二候集解》曰:"十月中,雨下而为寒气所薄,故凝而为雪。小者未盛之辞。"《群芳谱》中也说:"小雪气寒而将雪矣,地寒未甚而雪未大也。"

最喜欢的小雪诗词莫过于白居易的《问刘十九》:"绿蚁新醅酒,红泥小火炉。晚来天欲雪,能饮一杯无?"唐人清江的一首《小雪》,则与白居易诗中温暖惬意不同,他的诗里满是孤寒之意:"落雪临风不厌看,更多还恐蔽林峦。愁人正在书窗下,一片飞来一片寒。"但他这首诗里的孤寒,反倒更映衬出白居易诗中朋友情谊的温暖惬意了。

●○　11 月 23 日

今天依然是温暖的好天气。记得看过这么一个说法,有些地方把立冬至小雪节令这段时间叫作"小阳春",因为阳光温煦风也和暖,颇有阳春三月的感觉。也有花自作多情以为是春天来了,在这个时节里开出花来,连花王牡丹都上过当,在枝头千娇百媚着。

记得《红楼梦》中有一回,说一株海棠突然在冬日里开花了。贾母所说:"这花应在三月里开的,如今虽是农历十月,应着小阳春的天气,这花开因为和暖是有的。"但是这些在冬天里开的花是不结果的,它们也被称为"梦花"。它们在寒冷的冬天里梦见了春天,于是便欢喜地开出晶莹花。只为花开,只为圆梦,只为一瞬间的璀璨。

小区里的枇杷花开了。不过这枇杷花可不是梦花,它本来就是秋冬开放的花。象牙白的五枚花瓣,护住浓密的姜黄色花蕊,花朵紧紧挤在一起,像一个花棒。同一个花棒上,有的花开得正好,花瓣鲜妍水润,有梨花的清丽感;有的花正含苞,被黄褐色的萼片包裹着;有的花已经开过了,花瓣俱已飘零,只留下花蕊和花萼在枝上。枇杷花算不得美貌,也没有甜蜜的香气,但有一副沉静、书卷气袅袅的样子。唐朝诗人王建曾作过一首《寄蜀中薛涛校书》："万里桥边女校书，枇杷花里闭门居。扫眉才子知多少，管领春风总不如。"那才女薛涛的门前，就种着枇杷花。

玉兰树也早早地含苞了。褐色的花苞，只有硬币大小，看上去毛茸茸的。玉兰开花要到二三月，却是这么早就开始酝酿开花的梦想了，所以开花的时候才那么明亮璀璨吧。

绝大多数山茶也都在含苞，青绿色的花苞光滑可爱。有开了几朵的，白色的，红色的，娇艳欲滴。

小区里的木芙蓉都已经谢尽了。

柿子树的叶子也全都掉光了，只剩了满树红果。

●○ 11月24日

周末，又是一个大晴天，自然是要出去爬岳麓山了。这是长沙一年中最美的时候，爱晚亭的艳丽红枫，麓山寺的灿然银杏，穿石坡湖的醇厚池杉，都让人流连忘返，心醉神迷。

到了爱晚亭畔，吓了一跳——简直是人从众了。长沙人民是不是都齐赴爱晚亭看红枫了，如云的红叶下都是举着自拍杆喜气洋洋的人们。学生居多，毕竟岳麓山下就是大学城。爱晚亭前正是一潭汪汪碧水，翡翠一般，让画面又多了几分明净和灵气。巍巍青山中，红叶碧水，掩映一角飞檐，徜徉着笑盈盈的人们，的确是一首诗，而我竟走进了诗里。

仔细看那红叶，有的是正逢最好的时候，在日光下红得发亮，几乎要燃烧起来，因此觉得杜牧的"霜叶红于二月花"果然不假。这经霜而赤的红叶，果然比春天里爱晚亭这边的映山红更为鲜艳夺目。有的红叶则是已经微带疲态，红叶边缘已经枯萎卷起。

在爱晚亭徜徉许久，也拍下了很多红叶的照片。爱晚亭的红叶，当然不止红枫，但以红枫最为耀眼。周边还有枫香树，枫香树生得甚为高大，不像红枫触手可及，也飘落着片片红叶。

又往上爬，到了麓山寺。麓山寺门外就是两棵大银杏树，金灿灿的晃眼，地上也是一片金黄的银杏叶。走入麓山寺门内，古意森森，依然有银杏树灿然耀眼。深山藏古寺，而古寺又藏银杏，此情此景，亦觉禅意袅袅。

麓山寺还有斋饭吃，都是素菜，听说滋味甚为鲜美。但去晚了，就没有吃到斋饭，静静地走了几个圈，便出了寺门，下山了。

我们是早上先到湖大，再从湖大上山，经爱晚亭、麓山寺，从中南大学下山，正是我们大学里经常走的路线。回来看新闻说，因为大量人流奔赴岳麓山看红枫观银杏赏菊花，湘江边交通一度瘫痪，牌楼路严重拥堵，数百米的路程，开车竟需要近30分钟。不由得觉得，住在麓山脚下还是挺幸福的，随时可爬山，免去了堵车之苦。

●○ 11月25日

周末依然是很惬意的晴天，冬阳温煦，天高云淡，于是决定去橘子洲走走。

橘子洲有大片大片柔和的草坪，民国风的典雅建筑，看起来相当的舒服。有人带着小孩子在江边放风筝，淡蓝的天空上如同贴纸一般贴着好些精致的风筝。这里也有银杏黄、枫叶红，不比岳麓山的逊色，而且，这里还有各种柚子、橙子和橘子呢。

路边一排柚子树,都袒露着饱满金黄的柚子,有的已经完全成熟,从树上掉了下来。走不多远,又看见几棵橙子树,橙子的颜色比柚子更明亮,柠檬黄色,也颇为高大。一直快走到洲头了,才看见大片的橘子树,橘子树就生得小巧一点儿,挂满了圆圆的金红色小橘子。还有如同酸枣一般大小的小金橘,那就更小了,颇为可爱。空气里散发着清甜微酸的生动气息,是柑橘类水果的味道。想起春天里花香萦绕的橘子洲,又觉得果香比之花香,更为馥郁。

到了洲头,有货摊在卖橘子。买了一袋小橘子,表皮颜色极美,可谓"玉质而金色"。剥开来,取出橘瓣,一枚枚吃下,只觉甜美多汁,竟没有酸意。先生这个傻白甜理工男倒是很爱这纯甜的橘子,一袋小橘子十之六七都是他吃完的。

在橘子洲头见到火红的石竹花,还有紫红的红花酢浆草,很是惊喜。红花酢浆草很久不见了,没想到温馨如"小阳春"的初冬里又在橘子洲头见到了。

还见到了一株木芙蓉的花,只开了几朵花,竟然是白色的,顶着一抹微红。

水边垂柳依依,芦荻漾动,这几天又是月儿正圆的时候,猜想月下的橘子洲,定是美如画了。记起唐末李珣的词句:"荻花秋,潇湘夜,橘洲佳景如屏画。碧烟中,明月下,小艇垂纶初罢。水为乡,篷作舍,鱼羹稻饭常餐也。酒盈杯,书满架,名利不将心挂。"

又是晴天，真是欢喜。

栾树的叶子也都黄了，有的已经呈现褐色。木芙蓉虽然开着，但花没有之前多，也没有之前丰润饱满了。

此时的药植园，随处可见花心如同栖满了阳光的野菊花，金灿灿的非常明亮。药植园里的主角，此刻便是野菊花了，大片大片的野菊花，如同灿然的溪流在药植园里流淌着。月季花也开了不少，在碎石子路旁一丛丛闪耀着。还有的野菊花攀到深红色的月季花上，明黄深红，颜色非常鲜艳。淡紫色的马兰花已经不见了。百日菊只剩了几朵，孔雀菊虽然还大片开着，但也蔫了。百日菊还挺立着，葱莲和韭莲也早已不见了。萼距花依然如同紫色满天星，阳光下闪闪烁烁。

还有一丛一丛淡紫、雪白的小菊花，只有开水瓶盖那么大。花瓣摸上去非常的柔软，但整朵花却于柔软之中透出一种坚韧之气。觉得这种篱笆下不动声色的小菊花，其清丽素雅之气，是要胜过菊花展上很多千姿百态的大菊花了。它的开放，不为娱人，只为悦己。

龙葵的花还开着,但所结出的小豆子般的果子已经变成紫黑色,已经成熟了。珊瑚樱圆溜溜的青果子也已经转黄,栀子酒器一般的果子也在转成温暖的橘黄色。枸杞的紫色小花已经掉光,藤上都是纺锤形的小红果,晶莹剔透,当然少不了火棘和南天竹众多的小红果。

柚子树上的柚子已经掉光了,酸橙树上还剩下几枚圆圆的黄色橙子。

惊艳的居然是正盛开的芦花,雪白轻柔,如云似雾,在蓝天映衬下,只觉美好如画。走近一看,禁不住伸手抚摸那捧轻盈的柔软。故乡小城的水边,也常有芦苇,芦花盛开的时候,摘几枝雪白芦花在手上,边走路边挥舞,很单纯的快乐。

现在湘江畔,也应是芦花如雪,轻舞飞扬了。蒹葭苍苍,白露为霜。

●○　11 月 28 日

现在是吃柑橘类的好时候了,妈妈天天都在买柚子、橘子,还有橙子。我也独爱这柑橘,尤其是冰糖柑,吃起来凉凉甜甜的。

记得幼时在故乡小城,我们围着煤火取暖,便会丢几枚橘子到火里,烤得热乎乎的再取出,空气中满是生动温暖的橘子香气。

●○　11 月 29 日

这一周都是温淡温暖的冬日阳光,日子也仿佛变得缓慢悠长,十分惬意。中午便出来到药植园里散步,感受阳光暖暖地晒在颈上、背上,像是幼时母亲的温情的抚摸。

这样的好日子,这样的好阳光,只盼它能延续得更久,更久一点儿。

傍晚,经过某个宿舍楼前面的时候,忽然闻见一阵甜香。因为刚好后面走来一群女学生,开头没有在意,以为是哪个女孩子洗发水的香气。但随即觉得这香气清甜幽润,倒有点儿像桂花香。

循香望去,果然是宿舍楼下一株四季桂在开花。四季桂的芬芳虽然没有金桂、丹桂的馥郁,但也自有它的甜润温柔。

早上出来，已经起雾了，迷迷蒙蒙的如同海市蜃楼，也觉得比昨天要冷上很多。九点半的时候，雾散去，太阳又出来了。

校园里银杏大道的银杏叶落了大半，依然有金叶闪闪，只是有的枝头仅剩下了光秃秃的树枝。看长沙晚报的新闻说，芙蓉中路道路两旁的银杏仍然在鼎盛时期，走在路上如同一条金色大道。

办公楼下，洁白饱满的丝兰已经枯萎了，原本脆硬丰润的花瓣也变得柔软。想起张爱玲的《金锁记》里，年老的曹七巧看着自己枯瘦的胳膊，不能相信她年轻的时候有过滚圆的胳膊。植物与人一样，琦年玉貌时是多么意气风发，年华老去时是多么衰弱无奈。

山茶开出了繁复的花朵，花瓣重重叠叠，看不到里面的花蕊了。茶梅却舒展开蜡质有光泽的花瓣，露出金灿灿的花蕊。初冬，是它的时代了。

晚上给学生们开会，出来时正好一阵急雨。但雨很快就停了，路灯柔和的橘黄色光晕笼罩着满地落叶。我和学生们一起踏着落叶回去，足下有轻微悦耳的脆响。有个女学生在路上对我说："老师，我好喜欢你，你心里住着一个不会老去的小女孩。"

忽然，心里变得很温柔，谢谢这敏锐聪颖的女孩子。人终究会要老去的，但是和植物不一样的是，人的心可以永远不老，只要自己愿意。

四时花事
SISHIHUASHI

SHIERYUE
十二月

江南自然笔记

眉目舒展
顺祝冬安

大雪：冬景瑰艳
冬至：清芬袅袅

●○ 12月1日

昨天晚上下了一阵雨,以为今天要降温降雨,结果没有,只是又起雾了。到了下午出太阳了,明亮亮地透过落地窗晒在地板上。但望望窗外,雾还未散去,一片朦胧。

于是便没有出去。本来今天还想去岳麓山云麓宫,去看看那棵七百多岁的老银杏树,不知道它的落叶,是不是金灿灿地堆了满院。现在银杏开始大范围落叶了。云麓宫的修道人是舍不得马上扫去满地落叶的,会让它照耀几天。而这几天,就是游客最多的时候了。

看天气预报说,大约未来两周都是阴雨连绵。

●○ 12月2日

早上听到雨声。周末早上下雨,枕着雨声似睡非睡、似醒非醒的感觉很好,仿佛回到小时候,一味娇憨慵懒地赖床。

出来买菜,见到小区里的红枫大多已经萎谢,前些天艳红舒展的叶子已经蜷缩起来,地上也一堆枯叶。红枫落叶与银杏大不相同,绝大多数红枫在枝头尽情闪耀之后,便枯萎了,在枝头抱成一团,然后坠落。而银杏落下来的时候也有翩翩风姿,每一枚落叶都跟还在枝头一般光华明亮。

红枫、银杏都是最适合做书签的,跟春天里的香樟树叶一般。如今它们的时代也要过去了。

●○ 12月3日

上午十点,赶到中南大学南校区文学与新闻传播学院观摩博士论文答辩。早上天是清灰色的,像是要下雨一样。林荫道上的悬铃木叶片已经不像深秋时那样瑰彩,而是褪成了黄褐色,落下的叶子也是枯萎的,散发着萧瑟的气息。香樟树则依然郁郁葱葱,让人的眼睛觉得舒服。

才坐下不久，便下起雨来。望向窗外，已经是模糊一片。

到了中午，雨渐渐止住了，正好也答辩结束。我们这届博士同学便一起出去在岳麓山下的一家小餐厅聚了个餐。小餐厅前有两棵水杉，羽状叶片都已经转成了绛红色，像是某种禽类颈上的漂亮羽毛。地上也散落着水杉叶子。

到了晚上，又淅淅沥沥下起雨来。

●○ 12 月 4 日

早上出来，地上雨水未干。雨洗过的空气又洁净又清凉，让我想起小时候吃过的冰浸黄瓜。

凉意袭人，又穿上了大衣。

走在校园里，发现林荫道两侧的栾树叶子也差不多掉光了，还有几棵兀自举着黄叶和枯果。冷风吹过，呼呼的声音，今天就特别有冬天的感觉。前些天虽然已是初冬，但感觉依然在深秋。木芙蓉的花仍在开着，零星几朵闪烁着。

今天太冷，大概鸟儿们也躲起来了，听不到清脆的鸟啼。

走到办公楼这里，有只灰色小猫咪溜跑了出来，其实是流浪猫，不知道什么时候把办公楼当成自己家了。就像那只胖胖的橘猫一样，把医学院当作自己家了。记得之前看新闻，说北大有个"学术猫"，经常出入图书馆和教室，学生们都很喜欢它。

不过，这么冷，它们怎么过冬呢？

●○ 12 月 5 日

今天出来的时候，竟然在小区假山旁发现黄素馨的末端开了一朵柠檬黄的花，我还以为我看错了，仔细看了下，真是黄素馨。黄素馨又叫作野迎春，一般是早春里开花的，为何这里有一朵活力四射的花，凌寒独自开呢？它是特别渴望开放，所以便等不及地提前绽开了吗？在这萧瑟之冬，它没有其他伙伴，就自己一朵花欢欢喜喜地点亮了人们的视线。

树下的雪白一年蓬也一簇簇开着。一年蓬的花期真长，虽然查资料说一年蓬是 6 月到 9 月开，但实际上，春天里也看到一年蓬了，冬天里也看到了，当然初夏的一年蓬最多。一年蓬和白车轴草一样，一大片一大片地摇曳，尤其小清新。

柿子树上的红柿子还没有被鸟儿吃尽，这么冷的天，小鸟也不会特意飞来吃了吧。

苦楝树的果子金铃子则是被鸟儿嫌弃的，还是一树饱满完整的金铃子。毕竟苦楝树从叶到根到果都是苦的。

●○ 12 月 6 日

今天温度又下降了，把围巾手套都找出来了，全副武装。雨虽小，但风很大，撑着伞，伞都被风吹歪了。

到了办公楼，眼前便陡然一亮，楼下的茶梅开得真美啊。几十株半米高的茶梅树，已经开了一小半的花，桃红色的花朵朵生动，硬是把这凄风冷雨的冬天当作了喜气洋洋的春天。这几日，冬红山茶似乎是见风长，属于越冷越精神的那种。

枸骨和火棘已经是满身晶莹剔透的小红果，南天竹子的果子却脱落了很多。

果子也是很美的。

大雪
DAXUE
冬景瑰艳
今冬大雪飘，来年收成好。
DONGJINGGUIYAN

●○　12 月 7 日

"大雪"是冬季的第三个节气,标志着仲冬时节正式开始。《月令七十二候集解》说:"大雪,十一月节,至此而雪盛也。"天气预报说这周日会降雪,不知道会不会真的降雪呢。但是温度是真降下来了,好冷。先生已经翻出烤火炉来了。

看朋友圈说石门和张家界天门山都下雪了。长沙也会下雪吗?

大雪天正好进补,学校食堂还特别提供了红枣桂圆黑豆当归鸡蛋汤给师生们,果然是中医药大学的食堂。自己在家里也可以做些炖品。

●○　12 月 8 日

今天依然是阴雨,只是雨滴稀疏。

办公楼下丝兰的花是一朵朵坠落的,每天只落几朵,因此,现在那三串原本开得满满的丝兰上面还有未落尽的雪白花,仍然是好看的。

四季桂现在开花开得很多。四季桂叫作月月桂,常年开花的,但春夏其实见得不多,除了最盛的开花季节秋季。倒是这寒冷冬天里开花很多,淡黄色的玲珑小花,怀揣着一颗宁静的欢喜心。我记得年初下雪,冰天雪地里,只有茶梅、冬红山茶、蜡梅以及四季桂开着。四季桂被冰冻住了,还是气定神闲的。

木槿的叶子几乎掉光了,留在枝上的叶子是小巧的金黄,有点儿像山楂的叶子。

●○　12 月 9 日

今天温度更低,早上听到潇潇雨雪之声,几乎是不想起来。朋友圈里说长沙有些区域昨晚下雪籽了,长沙人民喜提初雪。但早上出来,却并不见雪,大约雪很小,已经化去了。

看新闻说杭州已经下雪,断桥雪景处游人如织。庐山出现雨凇美景。而湖南的衡山、大围山也出现了雾凇景观,花草树叶被冰雪包裹着,便如冰雪仙境一般。

也是期待下雪了。下雪了,几位老友围炉夜话,其乐也融融。另外人散之后,夜凉如水时,静听雪敲竹也别有意趣。晚明文人高濂的《山窗听雪敲竹》里说:"飞雪有声,惟在竹间最雅。山窗寒夜,时听雪洒竹林,淅沥萧萧,连翩瑟瑟,声韵悠然,逸我清听。忽尔迥风交急,折竹一声,使我寒毡增冷。暗想金屋人欢,玉笙声,恐此非尔欢。"小区楼下亦有郁郁青竹,可听雪洒竹林之声。思古人之风雅,不由得悠然神往。

●○　12 月 10 日

今日仍然是毛毛冰雨,打在脸上犹如针刺。真正的滴水成冰、颊如抵雪。林荫道里仍听到鸟儿的低低鸣叫之声,似乎也觉得寒冷,只听不出是哪种鸟儿。

办公楼下的火棘果和枸骨果被雨水一冲,红得更加明亮夺目了。

●○　12 月 11 日

早上转晴,没有下雨了,但并没有出太阳的意思,云层厚厚的,如同棉絮一般。仰头看着云层,若是身居童话之中,便可以扯一块云下来当被子了。

●○　12 月 16 日

连日多云,间或小雨,今天竟出太阳了。早上出来,仰头而看,见天空是淡淡蓝色,云层后透出金光来,十分好看。

感觉好久没有看到阳光了一般,今日晴好,精神也为之一振。

到省作协去听鲁迅文学院副院长王冰老师的讲座《做一个有机散文家》,出来时却被省作协内的青枫给惊艳了,当真是冬景瑰艳,霜叶流丹。青枫现在也染上朱红之色,只是色泽未匀,流朱浅碧,彩色玻璃一般。红枫现在则是已经红透落尽了。

下午去药植园看,金黄色的野菊花依然烂漫如骄阳,金红色的孔雀菊仍然艳丽着,但百日菊已经枯萎,白花败酱也都已经谢了。木栅栏旁的香水月季开得红艳艳的,芦花依然如雪。居然遇到两朵翩然若蝶的淡紫色瞿麦,瞿麦也是怀揣着不肯老去的心。

看到蜡梅圆圆的柠檬黄花苞了,还在沉睡的感觉,好期待它绽放时的幽幽香气。蜡梅的香气也是甜蜜的,但是是幽馥的冷香,让人心头清凉清爽。桂花则是甜蜜的暖香,令人欲睡欲醉。

枇杷树依然有含苞的,懒洋洋的枇杷花在冬阳下有几分萌感。

栀子的果子已经由橙黄变成橙红,但果子不完整,不知道是不是被鸟儿吃了一些。珊瑚樱结了好些青青果子,果皮如同凝脂一般。金樱子生得满满的,让我想起四月的金樱子花,也是开得满满的,如同一面花墙。金樱子是橄榄大小的果子,橙黄色,深红色都有,表皮都是小刺,想起它的外号"糖罐子",倒有点儿想摘一枚尝尝。仰头看,苦楝树的金铃子在蓝天映衬下分外玲珑剔透。金铃子很漂亮,但苦得很,正因为如此,它挂果时间特别长了。

其他的便是冬天里见得多的南天竹子、火棘果、枸骨果、枸杞果了。南天竹子红得最为鲜艳夺目,表皮也最为光滑,是冬季里最美的小红果了。

离开之时,我随手摘了一小簇黄金香柳的叶子,在掌心轻轻揉搓了一下,香气逸开,如同擎着一个小香水瓶。就这样,又带着满身香气从药植园里离开。

● ○　12 月 17 日

今天又是晴好天气,阳光暖暖地晒在身上,颇有几分惬意的慵懒感。

走到办公楼这里,冬红山茶已经开满了,一树桃红色的花,如同一个圆圆的大花球一般,很是喜庆。怎么觉得今年的花开得比去年要美呢? 颜色也更鲜艳,去年这花好像是比较偏暗的深红色,而今年则是少女般的桃红。是心境不一样

了,还是今年的雨水物候导致花开颜色有细微的变化呢?

小区里的一丛杜鹃花又开花了,风中吐艳。我开头以为又是盼望春天盼望得忘记了时间的花,后来发现开得多了,不是一朵两朵,于是就认为是冬天里开花的冬鹃。冬日里又见花中西施,只是这花不比春日里的鲜润水灵,略略带了几分沧桑感。

● ○　12 月 19 日

昨日也是晴光满窗,云层也薄了很多,露出明洁的蓝天,每寸日光都温暖金黄。傍晚落日华美,如同某一个浅秋。

今天又是一个阴天,不见蓝天只见云层。因为晴了两天,空气被晒得干燥了许多,觉得没有之前冷得厉害了。

下午要去山城重庆出差。

冬至
DONGZHI
清芬袅袅
冬至萝卜夏至姜,适时进食无病痛。
QINGFENNIAONIAO

● ○　12 月 22 日

今天是冬至节气,昨天晚上在高校群里就有苏州大学的老师向大家道冬至夜快乐,说苏州传统是冬至夜相当于大年夜的,"冬至大如年"。冬至在周代是新年元旦,是个很重要的节日。苏州是周太王之子泰伯、仲雍奔吴所建,沿用的自然是周历。现在苏州还保有传统的古风。

冬至后的 81 天是数九寒天,冬至后的第 19 天至 27 天称为"三九"。古代寒冬难熬,古人认为过了冬至日的九九八十一日,春天便会到来,便有了"画九"之习俗。明代《帝京景物略》载:"冬至日,画素梅一枝,为瓣八十有一。日染一瓣,瓣尽而九九出,则春深矣,曰九九消寒图。"

今天又是毛毛雨。现在的雨,应该叫作冰雨吧,冰凉冰凉的,走在路上,正如刘德华那首歌唱的:"冷冷的冰雨在脸上胡乱地拍……"

牵挂着教学楼下和药植园里的蜡梅,不知道有没有开,于是早上便往教学楼去。只觉校园里出乎意料的安静,才想起来,今天是考研日。教学楼里现在都是奋笔疾书的考研人,希望这些学子们考研顺利。

教学楼下的蜡梅并没有开,仍然是圆圆的花苞。找了半天,只找到一枚小花苞的颜色变成了鲜黄色,微微绽开了一点点,但这初绽的蜡梅也让我的心情不由得雀跃起来。看来再过得几日,蜡梅就要开了。走到办公楼下,茶梅已经开成了真正意义上的一树繁花,地上飘坠着片片桃红色的花瓣,而树上还有许多含苞的花正待开放。

走到药植园,那里的蜡梅也只有花苞。四季桂还在开。山茶花开了一两朵,花似醒非醒,睡眼惺忪。之前灿灿然的野菊花如今也枯萎了许多。地上飘坠着不少细小洁白的花瓣,仔细看,是枇杷花的花瓣。

紫藤长廊一带地上都是浅黄色的修长落叶,是旱柳的叶子。美人蕉的叶子也黄了,但不是银杏那种明黄色,而是瑟缩的惨淡黄色。

最冷的时候快要来了。花之中笑到最后的,依然是芳馥的蜡梅、娇艳的茶梅、沉静的四季桂。三种不同个性的花,却有着一样的韧性、一样的风骨。

●○ 12 月 23 日

有花友在微博上问我岳麓山上现在开了什么花,我说太冷又太忙这段时间都没有去爬岳麓山了。心里却微微一动,这一年已经进入尾声,新的一年里,我要是能做到每个星期爬一次岳麓山,记录下山之四季也很好啊。

岳麓山对于我以及每个在大学城读过书的人的青春来说有着不同寻常的意义。山之四季如若能完成,也算是一个很好的送给自己以及大家青春的礼物了。

●○ 12月24日

这几日先生回家都带了热乎乎的糖炒栗子回来。在故乡小城,秋冬季节,最爱吃的就是糖炒栗子。

天气是越来越冷了。羽绒服、围巾、手套、皮靴,又全副武装起来,把自己裹成一个密不透风的粽子,方才放心地出去。

蜡梅在不紧不慢地绽放着,今天我路过,看到又绽放了几朵了,树枝上仍是圆圆的花苞居多。

●○ 12月28日

今天下午忽然下起雪籽来,细小的雪籽密密斜织着,打在雨伞上啪啪响着。

晚上是学校团委举办的新年音乐会,雪籽还在下着。冒着雪籽去听音乐会。坐在大学生活动中心里看节目,只觉青春气息扑面而来,心里登时暖洋洋的。

回家时,雪还在下,橙黄色的路灯下旋转飞舞着,十分好看。只是感觉脸都在冰冷的空气里冻僵了。

回到家中,随手拿起一本《文学回忆录》看,看到一页,上有"风雪夜,听我说书者五六人,阴雨,七八人,风和日丽,十人,我读,众人听,都高兴,别无他想"。风雪之夜围炉夜话,比之别日,是别样的生动与温暖了。

●○ 12月29日

一醒来,立即看向窗外,失望的是,并没有预料之中的雪。是个多云的天气,也没有下冻雨了,但听天气预报说今晚会下大雪,于是心里还抱了一丝期待。

办公楼下的茶梅飘落的花瓣更多了,枝头很多花只留下了金黄色的花蕊。

南天竹有的叶子已经转为深红之色了。蜡梅又开了几朵,幽香渐浓。

●○ 12月30日

早上起来,只觉颊如抵冰。走到阳台,明光耀眼——果然下大雪了。

这雪搓绵扯絮一般,还在下着。整个小区看上去像是一个雪白的奶油蛋糕。啊,一下雪,人的童心就被唤醒了,只觉心中满溢着说不出的欢乐。

下得楼来,面对着这一个粉妆玉琢的琉璃世界,几乎不忍心踏步其中。小心翼翼地迈出一步,脚下只觉又轻又软,发出轻微的脆响。昨晚这雪下得比想象中要大呀。

抬头看着四周,香樟树、杜英树碧青的树叶上都是厚厚一层雪;紫荆、樱花树、玉兰树等掉光了叶子的树枝干则是如同琼枝一般了。格外玲珑剔透的感觉,人的头脑也仿佛灵敏清醒了不少。

于是便往校园里来。雪中漫步,走到了新月湖畔。新月湖上的亭子也是被白雪覆盖,而周边植被全部被雪轻轻掩住,眼前只见晶莹通透。不禁想起明代张岱的《湖心亭看雪》来:"雾凇沆砀,天与云与山与水,上下一白。湖上影子,惟长堤一痕、湖心亭一点、与余舟一芥,舟中人两三粒而已。"当然眼前这小小的湖心亭比之张岱文中意境是远不如了,但也颇有遗世独立的意味。

从新月湖转入药植园里,见到柠檬黄的蜡梅,鲜红色的香水月季,淡黄色的四季桂依然盛开着,衬着皑皑白雪,散发着幽幽馥香。因花开不多,又被冰雪覆盖,香气并不浓郁,但闻着只觉得神清气爽。嫣红的枸骨果、火棘果、南天竹子自然更为玲珑可爱,还有尚未凋落的金铃子、酸橙以及柚子这些明黄色果子,雪中也觉夺目。

这校园里的青春,自然因为下雪,而更加欢乐和晶澈了。

学生们在图书馆旁和药植园里堆着大大小小的喜感雪人。有的学生还不顾寒冷把自己的围巾解下系在雪人的颈上,帽子取下戴在雪人的头上,然后喊上同学朋友和雪人抱在一起欢乐自拍。也有的学生在实验楼下蹲下来做小小雪人,可以用手托起来的那种雪人娃娃,瞧着也是极萌的。有三个女孩子埋头一起做小雪人,一边做一边彼此嬉笑着。一路走过去,看到圆圆的萌系雪人,也有搞怪的雪人,还有小雪狗小雪猫等等。当然医学生的特色也有,有学生在雪地里堆出了人体骨骼图——快要考试了,玩的同时也不忘考试。

雪带来的欢乐自然不止堆雪人。体育场内,一场激烈雪仗正在上演,雪球雪块抛来抛去。宿舍楼旁,有四个男孩子正一起奋力推滚着一个有人那么高的大雪球,引来不少学生拍手叫好,并驻足拍照。十八九岁、二十岁的大学生,瞬间回归了六七岁。

我不觉笑了。想起大一的时候，在中南大学，也是下了很大的一场雪，我们也是跑到操场上打雪仗、堆雪人。我回来后还在阳台上捧了新雪堆了个小小雪人，用手指给它画了一个笑脸。那时年轻的我们的欢乐，和眼前这些青春的欢乐，竟没有半分差别呢。千百年来，人类普遍的情感，也是没有丝毫差别的，这也是为什么文字的力量可以穿越千年的缘故。

雪中的青春，真是无限美好。

●○　12 月 31 日

今天雪停了。昨日看新闻，说这次大雪是自 2008 年以来的十年最大的雪，比今年一月份的雪要大得多了。但是因为没有伴随多少冻雨，所以没有造成灾害。只是雪天路滑，得小心出行。

不过，寒冷的天气并没有阻挡长沙人出行的热情。岳麓山上依然人山人海，看朋友圈里雪中银装素裹的爱晚亭别有一番风味。为了防滑，爬山的人们有的在鞋上绑了布条。岳麓书院也是一夜白头，橘子洲头现在则是著名的潇湘八景之一"江天暮雪"。雪中的长沙，是无比古典和浪漫的长沙。在朋友圈里观长沙雪景，边看边赞，神思飞扬。

一直觉得，冰雪天最感温暖的，莫过于围炉夜话了。极爱宋代杜耒的《寒夜》："寒夜客来茶当酒，竹炉汤沸火初红。寻常一样窗前月，才有梅花便不同。"本是之前约了几位闺蜜晚上一起聚聚吃火锅，但因为道路冰冻，便商量再约了。于是围炉夜话便成了灯下看书。

家人们在客厅里看着电视，我在书房里看书。耳中听到欢声笑语，眼中看着草木文字，觉得以此方式结束这一年，也极好。

看的正是汪曾祺的《人间草木》，素日里很喜欢的书。书桌上的蜡梅散发出清幽甜香。书序里有引用他的一首小诗，与我心有戚戚兮："我有一好处，平生不整人。写作颇勤快，人间送小温。或时有佳兴，伸纸画芳春。草花随日见，鱼鸟略似真。唯求俗可耐，宁计故为新。只可自怡悦，不堪持赠君。君若亦欢喜，携归尽一樽。"

这一年，感恩所有的遇见，铭记点点滴滴的微小的美丽及细小的幸福，也感谢邂逅的每一株花每一枚果子所带给我的清芬袅袅。

四时
SI SHI
HUASHI
花事
JIANGNANZIRANBIJI
江南自然笔记

满目的花草
生活应当像它们一样美好